文春文庫

八丁堀吟味帳「鬼彦組」

謎　小　町

鳥羽亮

文藝春秋

目次

◎主要登場人物◎

彦坂新十郎（北町奉行所吟味方与力）

彦坂組（鬼彦組）同心衆

倉田佐之助（北町奉行所定廻り同心、剣の遣い手）
根津彦兵衛（同、通称「屍視《おろくみ》の彦兵衛」）
利根崎新八（同、通称「仏の旦那」）
高岡弥太郎（同、若手）
狭山源次郎（臨時廻り同心、通称「ぼやきの源さん」）
田上与四郎（同、通称「百化けの旦那」）

自らも捜査にあたる与力・彦坂新十郎。いつしか彼のもとに能力のある同心たちが集い、ひとりの手にあまる事件を協力して解決するようになっていた。どんな悪事をも見逃さぬ彼らを、「彦坂組」、またの名を「鬼彦組」という——。

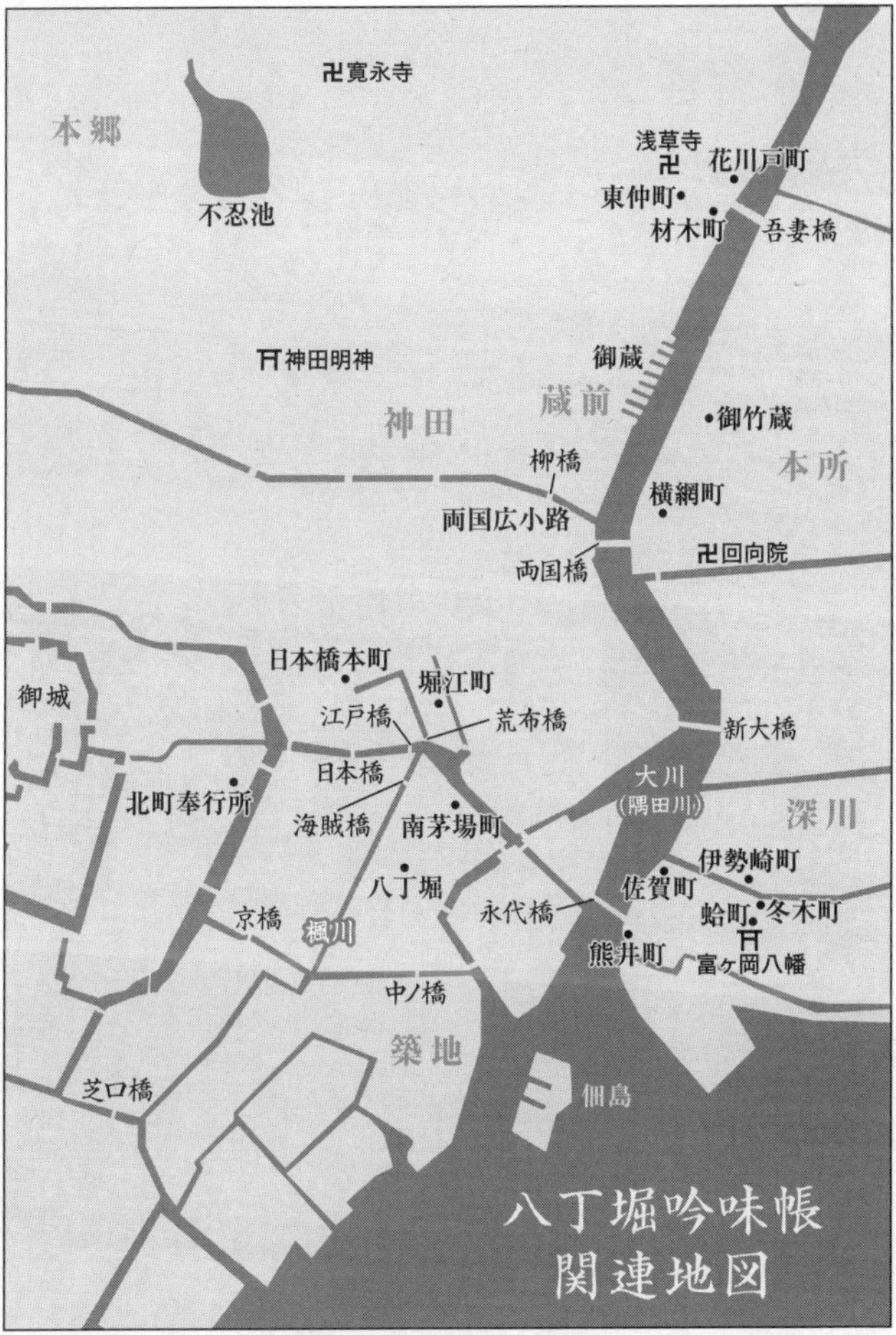
八丁堀吟味帳
関連地図
寛永寺
本郷
不忍池
浅草寺
花川戸町
東仲町
材木町
吾妻橋
神田明神
御蔵
蔵前
神田
御竹蔵
本所
柳橋
横網町
両国広小路
両国橋
回向院
日本橋本町
堀江町
御城
江戸橋
荒布橋
新大橋
日本橋
北町奉行所
大川
(隅田川)
深川
海賊橋
南茅場町
伊勢崎町
八丁堀
佐賀町
永代橋
蛤町
冬木町
京橋
楓川
熊井町
富ヶ岡八幡
中ノ橋
築地
芝口橋
佃島

八丁堀吟味帳「鬼彦組」

謎小町

第一章　同心殺し

1

「さて、着替えるか」

彦坂新十郎《ひこさかしんじゅうろう》は両腕を突き上げ、伸びをしながらつぶやいた。

風のない、穏やかな晴天だった。初夏らしい清々しい朝である。微風《そよかぜ》に、庭の新緑が揺れている。

新十郎は、北町奉行所の吟味方与力だった。出仕の支度をする前、朝陽にかがやく庭の新緑に誘われて縁側に出てきたのだ。

「新十郎、御番所（奉行所）へ行く刻限ですよ」

母親のふねが、障子の向こうから声をかけた。

すでに、五ツ（午前八時）を過ぎているだろうか。町奉行所の与力の出仕は、四ツ（午前十時）ごろとされているので、そろそろ支度しなければ、遅れるだろう。

「母上、今日はいい天気ですよ」

新十郎は、座敷に入りながら言った。

「それより、早く支度をしないと遅れますよ」

ふねは、乱れ箱から継裃《つぎがみしも》を取り出しながら言った。与力の出仕は継裃と決まっていたのである。

新十郎は二十八歳だが、まだ妻はいなかった。それで、母親のふねが着替えを手伝ってくれるのだ。

「新十郎、いつまでも、わたしの手をわずらわせていてはいけません。早く、お嫁さんをもらわないと……」

ふねは静かな物言いをしたが、詰《なじ》るようなひびきがあった。

新十郎と顔を合わせるといつもそうである。早く嫁をもらえ、孫の顔をみせてくれと口やかましい。

ふねは、四十路をこえていた。色白の優しげな顔をしているのだが、気性は激しかった。夫で隠居した富右衛門《とみえもん》に対しても、きつい言葉が出ることがある。

彦坂家は四人家族だったが、妹のふさが御徒目付組頭《おかちめつけくみがしら》の有馬仙之助《ありませんのすけ》に嫁ぎ、いまは新十郎と父母の三人暮らしである。

富右衛門は、ふねとちがって穏やかでのんびりした気性だった。ふねのきつい言葉も、笑って受け流している。

「これぱっかりは、縁ですから」

新十郎は、他人事のように言った。

新十郎は頤《おとがい》が張っていて眉が濃く、眼光が鋭かった。剛毅そうな面構《つらがま》えだが、気性は父親に似て穏やかである。

「おまえが、その気にならないから、わたしはいつになっても孫を抱くこともできないんですよ」

ふねの言葉に、苛立《いらだ》ったようなひびきがくわわった。

そのとき、廊下を慌ただしそうに歩く音がした。若党の青山峰助《あおやまみねすけ》らしい。新十郎は子供のころから青山の足音を聞いていたので、顔を見なくとも分かる。

障子があいて、青山が顔を出した。

「どうした、青山」

すぐに、新十郎が訊いた。慌てた様子からみて何かあったらしい。

青山は、羽織袴姿《はおりはかま》だった。新十郎が奉行所に出仕するおり、供をすることになっていたので着替えたのだろう。

青山は五十がらみだった。三十年ちかく、彦坂家の若党として奉公している。丸顔で、肌が浅黒い。目が丸く、狸を思わせるような愛嬌のある顔をしていた。その顔が、こわばっている。

「だ、旦那さま、御番所の高岡《たかおか》さまがおみえです」

青山が、うわずった声で言った。

高岡弥太郎《やたろう》は、北町奉行所の定廻《じょうまわ》り同心だった。定廻り同心は南北の奉行所にそれぞれ六人ずついるが、高岡は北町奉行所のなかで一番の若手で、まだ同心になってから二年目だった。

青山は新十郎を、旦那さまと呼んでいた。町奉行所の与力は、二百石取りだった。通常、二百石取りの旗本は殿さまと呼ばれるが、町奉行所の与力は、だれもが旦那さまと呼ばれている。町奉行所の与力は犯罪者を扱うことから不浄役人とみなされ、将軍への謁見も許されない身分だったからである。

「何の用かな」

出仕前、定廻り同心が与力の屋敷に顔を出すのは、めずらしいことだった。何かあったにちがいない。

ちなみに、南北の奉行所で、江戸市中で起こる犯罪の探索と捕縛に当たる「捕物並びに調べもの」と呼ばれる同心は、定廻り、臨時廻り、隠密《おんみつ》廻りの三廻りであった。なかでも、連日市中に出て巡回している定廻りの者が、事件にかかわる機会が多くなる。

「なんですか、奉行所の同心が殺されたとか」

青山が眉を寄せて言った。

「なに、同心が殺されたと！」

思わず、新十郎の声が大きくなった。

「は、はい」

「だれが、殺されたのだ」

「分かりません」

「ともかく、高岡から話を聞いてみよう」

新十郎は、着終わっていた継裃のまま廊下に出ようとした。

「お、おまえ、御番所に行かないのかい」

ふねが、おろおろしながら言った。

「母上、大事が出来《しゅつらい》しました。……御番所は後です」

そう言い置き、新十郎は青山につづいて玄関にむかった。

玄関先に、高岡が顔をこわばらせて立っていた。

「高岡、だれが殺されたのだ」

すぐに、新十郎が訊いた。

「定廻りの吉川《よしかわ》どのです」

高岡が、昂《たかぶ》った声で言った。

「吉川周三郎《しゅうざぶろう》か」

吉川は、北町奉行所の定廻り同心である。四十代半ばで、六人いる定廻りのなかでも年季の入ったやり手だった。

「はい、すでに倉田《くらた》さんや根津《ねづ》さんもむかっています」

高岡が、倉田に指示されて新十郎に知らせにきたことを言い添えた。

倉田佐之助《さのすけ》と根津彦兵衛《ひこべえ》も、北町奉行所の定廻り同心である。

「場所は」

新十郎は、ともかく現場に行ってみようと思った。

「大川端で、新大橋の近くだそうです」

新大橋は大川にかかっており、奉行所の与力の屋敷や同心の組屋敷のある八丁堀からそれほど遠くなかった。

「まて、いま着替えてくる」

新十郎は急いで座敷にもどると、継裃を羽織袴に着替えた。事件の現場に、継裃で行くわけにはいかなかったのだ。

新十郎が着替えて玄関から出ようとすると、青山が慌てて近寄ってきて、

「旦那さま、お供を」

と言って、ついてこようとした。

「供はいい。母上の相手でもしてやってくれ」

新十郎は、高岡を連れて表門へ向かった。

2

新十郎と高岡は大川にかかる新大橋のたもとを過ぎ、大川沿いの通りに出た。

初夏の強い陽射しのなかを、ぼてふり、風呂敷包みを背負った行商人、辻駕籠《つじかご》、供連れの武士などが行き交っている。

通りの右手には、大川の滔々《とうとう》とした流れが永代橋の彼方までつづき、流れの音が轟々《ごうごう》とひびいていた。川面《かわも》には猪牙舟《ちょきぶね》、屋根船、茶船などが行き来している。河口から南にひろがる江戸湊《えどみなと》の青い海原を、帆を張った大型廻船が品川沖にむかってゆっくりと航行していく。

左手には、川上の薬研堀《やげんぼり》の辺りまで大名の下屋敷や中屋敷などがつづき、町家はなかった。

「あそこです」

高岡が通りの先を指差した。

見ると、川岸近くの柳の樹陰にひとだかりがあった。通りすがりの者が多いようだが、何人か八丁堀同心の姿もあった。八丁堀同心は着流しで、羽織の裾を帯に挟む巻き羽織と呼ばれる独特の恰好をしていたので、遠くからでもそれと知れたのである。

「利根崎《とねざき》さんも来ています」

高岡が、足を速めながら言った。

倉田と根津、それに利根崎新八《しんぱち》の姿もあった。利根崎も、北町奉行所の定廻り同心である。三人の他に、南町奉行所の片岡平五郎《かたおかへいごろう》も来ていた。片岡も定廻りだった。ただ、新十郎は片岡の顔を知っているだけで、話したことはなかった。

新十郎と高岡が人垣に近付くと人垣が割れ、「北町奉行所の彦坂さまだ」「与力《き》だぞ」などという声が聞こえた。同心の手先たちらしい。

「彦坂さま、こちらへ」

倉田が、身を引いて言った。

倉田のすぐ前に、男がひとり俯《うつぶ》せに倒れていた。吉川らしい。吉川の羽織が肩から背にかけて斜《はす》に斬り裂かれ、血に染まっていた。体のまわりの叢《くさむら》にも、どす黒い血が飛び散っている。

吉川は、十手を握っていた。その右腕にも刀傷があった。下手人に立ち向かったのかもしれない。

吉川の脇に、根津と利根崎の姿があった。ふたりとも悲痛な顔をして、新十郎にちいさく頭を下げた。

新十郎は死体の脇にかがむと、

「吉川は、刀で斬られたようだ。となると、下手人は武士か……」

と、つぶやいた。肩口の傷は深かった。背後から一太刀で斬られたらしい。

「それも、腕の立つ者と思われます」

倉田がけわしい顔で言った。

「うむ……」

新十郎も、下手人は遣い手だろうと思った。

「吉川どのは、右腕も斬られています。右腕を斬られ、逃げようとして背をむけたところを、下手人は背後から袈裟《けさ》に斬りつけたようです」

倉田は、中西派一刀流の遣い手だった。刀傷から斬った者の腕や太刀筋などを見抜く目をもっている。

倉田は二十六歳、少年のころから奉行所に出仕するまで、日本橋高砂町にあった加賀十郎兵衛《かがじゅうろべえ》の中西派一刀流の道場に通って修行した。中西派一刀流の道統を継ぐ中西道場は、下谷練塀小路《したやねりべいこうじ》にあった。加賀は中西道場の高弟だったが、独立して高砂町に町道場をひらいたのである。

新十郎も若いころ加賀道場に通っていて、倉田とは兄弟弟子であった。新十郎が兄弟子だったが、奉行所に出仕するために倉田より三年も早く道場をやめていた。そうしたこともあって、腕は倉田の方が上かもしれない。

「何者が、吉川を斬ったのであろう」

辻斬りや追剝《おいは》ぎの類いとは、思えなかった。吉川は十手を手にして、下手人に立ち向かったはずである。辻斬りや追剝ぎが、町奉行所の同心を襲うはずはない。

「彦坂さま、もうひとり、殺されています」

倉田が言った。

「なに、吉川ひとりではないのか」

「はい、吉川どのが連れていた手先かと思われますが、あそこに」

倉田が上流を指差した。殺されている男は、常七《つねしち》という名だという。

見ると、二十間ほど先にも人だかりができていた。きや下っ引きらしい男たちの姿が多かった。仲間の岡っ引きが殺されたと知って集まっているのであろう。

「ふたりで、ここを通ったとき襲われたのだな」

「常七ですが、匕首《あいくち》で殺《や》られたようです」

「となると、下手人は、すくなくともふたりいたことになるな」

刀を遣う武士と、匕首を遣う者であろう。

新十郎は、常七の死体も見てみようと思ったが、すぐに動かず、

「ところで、根津、この死骸《おろく》から何か知れるか」

と、脇にいた根津に訊いた。

「殺られたのは、腕の硬くなりぐあいからみて、昨夜の六ツ半（午後七時）ごろでしょうか。……肩の傷が深く、骨まで截断されています」

根津が、小声で言った。死体の死後硬直や肌の色の変化から、死亡時刻を判断したらしい。

根津は、同心たちから「屍視《おろくみ》の彦兵衛」とか「屍《おろく》の彦さん」などと呼ばれている検屍の達者だった。歳は五十がらみ、定廻り同心になってから長かった。丸顔で目が細く、地蔵のような顔をしている。

根津が死体の検法に長《た》けていたのには理由があった。若いころ、根津は大川から死体で揚がった磯吉《いそきち》という男を検屍し、大変な失敗をしてしまった。磯吉の腹が膨《ふく》れていたことから、誤って川に落ちた溺死と判断し、探索をしなかったのだ。ところが、別件で縄を受けたふたりの男が、濡れ手ぬぐいで磯吉の鼻と口をふさいで殺し、死体を川に捨てたことを口にした。磯吉の腹が膨れていたのは水を飲んだからではなく、もともと太っていたのである。

この失態を恥じた根津は一念発起し、年長者から話を聞いたり書物で学んだりするだけでなく、殺しの現場にはかならず駆け付けて死体の外傷や時間の経過による変化などをつぶさに見た。そうした経験を重ねることで、死後経過時間による死体の変化を知ることができるようになった。さらに、病死、刃傷死、毒死、水死、餓死……などの特徴もつかみ、死体の検法を身につけたのである。

「地面に残っていた血痕から、吉川さんは手先の死体のある辺りで斬られ、ここまで歩いてきて力尽きたようです」

さらに、根津が言った。

「うむ……」

なるほど、地面を見ると、血痕が筋になって落ちている。

新十郎は血筋の先に目をやり、

「常七も見てみるか」

と言って、その場を離れた。すぐに、高岡と倉田がついてきた。

常七は、岸際の叢のなかに仰向けに倒れていた。目を剝《む》き、口をあんぐりあけたまま死んでいる。胸を刃物で刺されたらしく、棒縞《ぼうじま》の小袖《こそで》の胸の辺りが、どっぷりと血を吸っていた。

「匕首で、胸を一突きです」

倉田によると、刀で突いたのなら刀身が多少動くので、もっと着物が大きく裂けているのではないかという。

「そうだな」

たしかに、着物はちいさな穴のようにわずかに裂けているだけだった。下手人は常七に身を寄せて正面から匕首で突き、真っ直ぐ抜いたのだろう。

「ところで、吉川だが何を探っていたのだ」

新十郎は、吉川が探索にあたっていた事件にかかわりがあるような気がした。

「分かりません。このところ、吉川さんはひとりで動いていたようです」

倉田が言うと、高岡もうなずいた。

「この場に、集まっている御用聞きたちに訊いてみろ。吉川や常七が何を探っていたか知れるはずだ」

新十郎が指示した。

「はい」

「それから、根津と利根崎にも話し、この場にいる手先たちに命じて、近所で聞き込んでみるといい。昨夜、吉川たちが襲われた様子を見ていた者がいるかもしれん」

「承知しました」

倉田と高岡は、すぐにその場を離れた。

3

新十郎は北町奉行所の与力詰所で、継裃から羽織袴に着替えた。通常、与力は継裃で職務にあたるが、新十郎は、奉行所から出て大番屋で吟味にあたるためと称して、着替えることが多かった。継裃では動きづらいし、すぐに与力と知れるからだ。

新十郎は羽織袴姿で、同心詰所にむかった。倉田や根津たちから、その後のことを聞くために集めてあったのだ。

同心詰所は、奉行所の表門を入ってすぐの右手にあった。詰所には、六人の同心が顔をそろえていた。

定廻り同心の倉田、高岡、根津、利根崎。臨時廻りの狭山源次郎《さやまげんじろう》、田上与四郎《たがみよしろう》。

座敷に、隠密廻り同心の姿はなかった。隠密廻りだけは奉行直属の同心で、奉行の指示で探索にあたることが多く、市中の事件の探索に他の同心とあたることはすくなかったのである。

その場に集まった新十郎と六人の同心が、「鬼彦組《おにひこぐみ》」と呼ばれる男たちだった。

鬼彦組は、奉行所で定められた組織ではなく、与力である新十郎を中心に、市井で起きた事件の探索にあたる同心たちが自発的に集まったものである。探索にあたる班とか組といったものだろう。

本来、奉行所で探索にあたる同心たちは、それぞれ個別に動くことが多かった。それに、吟味方与力の任務は、捕らえた下手人の吟味であって、探索と捕縛にあたることはないのだ。

ところが、新十郎は個々の同心では手を焼くような難事件や己が吟味にあたった事件に疑問を持ったりすると、自ら乗り出して探索にあたることがあった。そうしたおり、新十郎の探索に個々の同心が自発的にくわわり、しだいに人数が増え、班や組のようにまとまって探索にあたるようになった。それが、鬼彦組である。

鬼彦組とは妙な名だが、これは吟味方与力が下手人を吟味するおり、自白させるために拷問をすることがあって鬼与力と呼ぶ者がいたことから名付けられたものだ。鬼与力と彦坂をつなげたのである。

「まず、倉田、その後のことを話してくれ」

新十郎が、倉田に目をむけて言った。

「はい、手先が新大橋付近で聞き込んだのですが、やはり下手人はふたりのようです。ひとりは牢人体で、もうひとりは町人だそうです」

吉川と常七が襲われたとき、近くを通りかかった夜鷹《よたか》そばの親爺が、目撃していたという。牢人体の男は総髪で、黒鞘《くろざや》の大刀を一本だけ差していた。町人は小柄で黒っぽい腰切半纏《ばんてん》に股引姿、手ぬぐいで頬っかむりしていたそうだ。

「ふたりの正体は、知れないのだな」

「いまのところ、何者か分かりません」

「そうか。……他に何か知れたことはあるか」

新十郎が、男たちに視線をまわして訊いた。

「吉川が、何を追っていたか分かりました」

利根崎が小声で言った。

歳は四十がらみ、鶴のように痩せていて、面長《おもなが》で顎がとがっていた。しゃべると喉仏が、ビクビクと動く。神経質そうな風貌だが性格は温和で、子煩悩だった。それに、女子供、病人、貧乏人などにはやさしく、弱者の味方になることが多かった。それで、利根崎を知る者たちからは、「仏《ほとけ》の旦那」とか「仏同心《ほとけどうしん》」などと呼ばれて慕われていた。ただし、悪党や不正を憎む気持ちは人一倍強く、科人《とがにん》の探索に手を抜いたり、捕縛を躊躇《ちゅうちょ》するようなことはなかった。

「何を追っていたのだ」

すぐに、新十郎が訊いた。その場に居合わせた同心たちの目が、利根崎に集まっている。

「千住小僧《せんじゅこぞう》のようです」

「千住小僧だと！ 盗人だな」

思わず、新十郎の声が大きくなった。

三年ほど前から、千住小僧と呼ばれる盗人が江戸市中に出没していた。そして、一年ほど前、千住小僧は日本橋本町の呉服屋、望月屋《もちづきや》に侵入し、千両箱を奪って逃走してからぷっつりと姿をあらわさなくなった。

千住小僧と呼ばれるようになったのは、たまたま姿を目撃した者が盗人が猿のように身軽だったと口にし、町方の探索から千住小僧は数年前まで千住に住んでいた弥助《やすけ》という名の男らしいと分かり、千住小僧と呼ばれるようになったのである。ただ、弥助は偽名という噂もあり、本名かどうかは分からなかった。

当然、鬼彦組の者も千住小僧を追っていたが、まったく尻尾《しっぽ》がつかめず、ちかごろは匙《さじ》を投げていた。

「吉川さんは、千住小僧の尻尾をつかんで追っていたのか」

田上が低い声で言った。

田上は面長で眉が濃く、眼光がするどかった。剽悍《ひょうかん》そうな面構えである。歳は三十代半ば、臨時廻りになる前に定廻りを務めていたので、捕物の経験は豊富だった。

「千住小僧に襲われたのかな」

高岡が、首をひねりながらつぶやいた。

「下手人のひとりは、牢人らしいからな。千住小僧ではあるまい」

と、利根崎。

「いや、分からんぞ。千住小僧が、牢人の手を借りたのかもしれん」

田上が言った。

こうして同心同士が己の考えを出し合うのも、鬼彦組のいいところだった。これまでは同心ひとりで事件にあたることが多かったが、鬼彦組は個々がつかんだ情報を共有し、読みや考えを出し合って探索を進めるのである。

同心たちが口をつぐみ、座敷が静かになったとき、

「いずれにしろ、千住小僧の筋から追ってみてくれ」

と、新十郎が言った。

「彦坂さま、六人で探索にあたりますか」

根津が訊いた。

「いや、六人総出であたるのは早いな。……とりあえず、定廻りの四人に頼むか」

「心得ました」

倉田が言うと、高岡、根津、利根崎の三人がうなずいた。

「ただ、巡視もおろそかにしないでくれ。そうでなくとも、おれたちがまとまって探索にあたることを快く思ってない者たちがいるからな」

新十郎が、苦笑いを浮かべて言った。

北町奉行所の与力や同心のなかには、鬼彦組のことを批判したり、陰口をたたいたりする者がいた。与力たちは、新十郎が吟味方でありながら探索にかかわることを快く思わなかったし、探索や捕縛にあたる三廻りの同心たちは、倉田たち六人の同心が協力して事件にあたることに羨望と嫉妬があったのである。

4

倉田は北町奉行所を出て呉服橋を渡ると、日本橋の方へ足をむけた。巡視に行くのだが、今日はひとりで奉行所を出たのだ。巡視のおりには小者の利助《りすけ》を供に連れていくが、先に組屋敷に帰らせたのである。

ただ、江戸橋のたもとで、倉田が使っている岡っ引きの駒造《こまぞう》と下っ引きの浜吉《はまきち》が待っていることになっていた。巡視の途中、倉田は立ち寄りたいところがあり、駒造に案内させるつもりだった。

倉田は賑やかな日本橋を渡り、日本橋川沿いの道を下流にむかった。その辺りは魚河岸で、大勢の人が行き交っていた。盤台《はんだい》を担ぐぼてふり、船頭、魚の入った木箱を運ぶ魚屋の奉公人などが目につく。

魚河岸を過ぎると、前方に日本橋川にかかる江戸橋が見えてきた。橋のたもとの川岸に、駒造と浜吉が立っていた。

ふたりは倉田を目にすると、足早に近付いてきた。

「旦那、お供しやす」

駒造が言って、浜吉とふたりで倉田の後についてきた。橋のたもとは人通りが多く、立ち止まって話をするわけにはいかなかったのである。

橋のたもとから入堀にかかる荒布橋《あらめばし》を渡り、入堀沿いの道を北にすこし歩くと急に人通りがすくなくなった。

「伊平《いへい》は、いるかな」

歩きながら、倉田が訊いた。

伊平は、吉川といっしょに殺された岡っ引きの常七が使っていた下っ引きである。倉田は、伊平が親分の常七から何か聞いていたのではないかと思い、駒造に伊平の塒《ねぐら》をつきとめさせたのだ。

「いるはずですぜ」

駒造によると、伊平はまだ十六、七の若造で、堀江町二丁目の勝兵衛店《かつべえだな》に母親といっしょに住んでいるそうだ。勝兵衛店は古い棟割り長屋だという。

入堀沿いの道をいっとき歩き、小舟町《こぶなちょう》二丁目に入ったところで、倉田たちは右手の路地に足をむけた。

「旦那、こっちで」

駒造は、堀江町二丁目に入って二町ほど歩いてから裏路地に入った。

路地に入ってすぐ、駒造は足をとめ、

「その路地木戸を入ったところが、勝兵衛店でさァ」

と言って、路地木戸を指差した。

「案内してくれ」

倉田は、ともかく伊平に会ってみようと思った。

駒造が連れていったのは、路地木戸をくぐってすぐの棟だった。とっつきから二番目の家に、伊平は住んでいるという。

戸口の腰高障子の前まで来ると、家のなかで水を使う音がした。だれか流し場で水を使っているらしい。

「ごめんよ」

駒造が声をかけてから腰高障子をあけた。

土間のすぐ先の座敷に、若い男が寝そべっていたが、慌てて身を起こした。ひょろりとした痩身である。伊平のようだ。

伊平は土間に入ってきた倉田の顔を見て、驚いたように目を剝き、慌てて座敷に座った。

もうひとり、土間の隅の流し場に中年の女がいた。こちらは、でっぷりと太っている。伊平の母親らしい。

「伊平か」

倉田が声をかけた。

「へ、へい、伊平でごぜえやす」

伊平が畏《かしこ》まって答えた。

流し場にいた母親も倉田の姿を見ると、

「と、とよで、ございます」

と、声を震わせて言った。倉田が八丁堀同心ふうの恰好をしていたので、すぐに分かったようだ。

「殺された常七のことで、訊きたいことがあってな。……伊平、外に出るか。なに、すぐに話は済む」

倉田は伊平を外に連れだした。母親の前では、話しづらいこともあるのではないかと思ったのである。

棟の脇にちいさな稲荷《いなり》があったので、倉田はその前に伊平を連れていった。そこなら、長屋の者たちの目を引かずに話ができそうだ。

「伊平、常七を殺った下手人に、何か心当たりはあるか」

すぐに、倉田が訊いた。

「それが、別の八丁堀の旦那にも、訊かれやしたが、まったく心当たりはねえんでさァ」

伊平が困惑したような顔をして言った。

どうやら、倉田より先に伊平に話を聞きにきた同心がいるらしい。南町奉行所の片岡かもしれない。南町奉行所の同心が、北町奉行所の同心を殺した下手人を捕らえることができれば、大変な手柄になるばかりか、北町奉行所の鼻を明かすことができるはずである。

「吉川さんは、千住小僧を探っていたそうだな」

倉田は、先にきた同心のことは訊かなかった。

「へい」

「どこに目をつけて探っていたのだ」

吉川は千住小僧につながる何かをつかんでいたはずである。

「親分は、浅草の東仲町の小料理屋を探っていると言ってやした」

東仲町は浅草寺の門前にひろがる町で、料理屋や料理茶屋などの多い繁華街である。

「店の名は?」

「それが、聞いてねえんで……。親分は、喜津屋《よしづや》ってえ料理屋の近くに行くといってやしたが」

「喜津屋な」

倉田は駒造に目をやった。

駒造も知らないらしく、首をひねっている。

「それで、常七は小料理屋のだれを探っていると言ったのだ」

喜津屋という料理屋の名が分かっているので、小料理屋は探しだせるだろう。ただ、小料理屋が分かっても、吉川がだれを探っていたか分からなければ、どうにもならない。

「親分は、闇小町《やみこまち》と言ってやした」

伊平が語尾を濁した。戸惑うような顔をしている。

「なに、闇小町だと」

思わず、倉田の声が大きくなった。咄嗟《とっさ》に、何のことか分からなかったのである。

「女のことか」

すぐに、倉田が訊いた。小町というからには女であろう。

「そうらしいんですが……。あっしには、だれか分からねえんで」

伊平は困ったように眉を寄せた。

「駒造、何者か分かるか」

倉田は駒造に顔をむけた。

「聞いたような気もしやすが……」

駒造は思いあたらないのか、首を横にふった。脇に立っている浜吉も分からないらしく、首をひねっている。

倉田は、鬼彦組の者に訊けば分かるかもしれないと思い、

「ところで、常七や吉川さんだが、殺される前に襲われたり跡を尾《っ》けられたことは、なかったのか」

と、別のことを訊いた。

「一度、ありやした。そのときは、あっしも吉川の旦那や親分といっしょにいやしてね。喜津屋に話を聞きにいった帰《けえ》りでさァ。……荒布橋の近くまで、手ぬぐいで頬っかむりした男に尾けられやした」

伊平によると、頬っかむりしている男に尾けられている、と常七が気付いて足

を速めると、その男はすぐに別の路地に走り込んで姿を消したという。

「吉川さんと常七は、命を狙われていたようだな」

それに、下手人は千住小僧とかかわりのある者のようだ。

倉田の話が一通り済むと、

「八丁堀の旦那、あっしを手先に使ってくだせえ。親分の敵《かたき》が討ちてえ」

伊平が訴えるように言った。

「おめえの手も借りたいが……」

倉田は、逡巡した。

「旦那、このままじゃァ親分は浮かばれねえ」

伊平の声に、悲痛なひびきがあった。

「命懸けだぞ」

下手に動くと、伊平も常七と同じように命を落とすかもしれない。

「へ、へい」

伊平が目をつり上げて言った。

「しばらく、駒造の指図で動け」

倉田が駒造に目をむけて言うと、

伊平が、声を上げた。
「ありがてえ！」
駒造は承知した。
「ようがす」

5

翌日、倉田は八丁堀の組屋敷を出ると、駒造、浜吉、伊平の三人を連れて、日本橋本町にむかった。望月屋で一年ほど前に押し入った千住小僧のことを訊いてみようと思ったのである。殺された常七も話を聞きにいったらしいので、吉川と常七を襲ったふたりのことが何か知れるかもしれない。

倉田たちは、賑やかな日本橋通りを北にむかって歩き、本町に入ったところで、表通りを左手におれた。その辺りは、本町二丁目である。

表通り沿いには、土蔵造りの大店《おおだな》が並んでいた。呉服屋も何軒かあり、屋号を染め抜いた大きな暖簾《のれん》が店先に下がっている。

「旦那、あの店で」

伊平が指差した。

大店の並ぶ通りでも目を引く、間口のひろい店だった。店先の暖簾に、望月屋の屋号が染め抜かれている。繁盛している店らしく、供連れの武士、商家の新造や旗本の奥方らしい女、客を送迎する手代などが、頻繁に出入りしていた。

倉田は駒造たち三人に、近所で聞き込んでくれ、と指示してから、店の暖簾をくぐった。手先を三人も連れて乗り込む気はなかったのである。それに、近所で話を聞くと思わぬ手掛かりが得られることがある。

土間の先が、ひろい売り場になっていた。何人かの手代が、反物を見せながら客と話していた。丁稚《でっち》が反物を抱えて運んだり、茶を客に出したりしている。

店の奥が帳場になっていた。番頭らしい男が、帳場格子のむこうで算盤《そろばん》をはじいている。

倉田が店に入っていくと、近くにいた手代がすぐに近寄ってきて、

「何か御用でしょうか」

と、緊張した面持ちで訊いた。倉田は八丁堀ふうの恰好で来ていたので、すぐに八丁堀同心と知れたようだ。

「訊きたいことがあってな。番頭かあるじに、八丁堀の者が来たと伝えてくれ」

倉田が小声で言った。商売の邪魔はしたくなかったのである。

「すぐに、伝えてまいります」

手代はその場から離れ、帳場にいる番頭のそばに行った。

手代が倉田のことを話したらしく、番頭は土間にいる倉田に目をむけ、すぐに立ち上がった。

番頭は、揉み手をしながら近付いて来ると、上がり框《がまち》のそばに膝を折り、

「番頭の益蔵《ますぞう》でございます。てまえでよろしければ、お話を伺いますが」

と、愛想笑いを浮かべて訊いた。益蔵は簡単に済むと思ったらしい。

「番頭でもかまわぬが、この場ではな」

倉田は、店の奉公人や客がチラチラ目をむけるのに気付いていた。

「これは、気が付きませんでした。どうぞ、お上がりになってくださいまし」

益蔵は倉田を売り場に上げると、帳場の奥の小綺麗な座敷に連れて行った。

そこは、上客との商売に使われる部屋らしかった。座布団や莨盆《たばこぼん》などが、置いてある。

益蔵は倉田に座布団を勧め、腰を下ろすのを待ってから、

「どのようなお話でしょうか」

と、小声で訊いた。顔の愛想笑いは消えている。

倉田は名乗った後、

「十日ほど前、この店に八丁堀の吉川さんと御用聞きの常七が来たな」

と、切り出した。伊平から、吉川たちが来たのは十日ほど前だと聞いていたのである。

「おみえになりましたが――」

益蔵の顔に、警戒するような表情が浮いたが、すぐに消えた。

「その後、吉川さんと常七は、何者かに襲われて殺されたのだ」

倉田が、声をひそめて言った。

「まことでございますか。……大川端で、八丁堀の旦那が殺された噂は耳にしましたが、それが、吉川さまだとは存じませんでした」

益蔵は驚いたような顔をした。

「それで、吉川さんたちと話したのは番頭か」

倉田が訊いた。

「は、はい」

「それならちょうどいい。……吉川さんはこの店に何を調べに来たのか、話してもらおうか」

倉田は、益蔵を見すえて言った。

「一年ほど前に、店に入った盗人のことでございます」

益蔵が顔をこわばらせて言った。

「千住小僧のことか」

「は、はい」

「だが、店に盗人が入った後、八丁堀の者が何度も店に調べに来たはずだ。……その後、一年ほども経っている。なんで、吉川さんはいまになって話を聞きにきたのだ」

倉田は望月屋に来ていなかったが、鬼彦組の者も何度か来ているはずである。

「てまえには、よく分かりませんが、吉川さまはそのときの様子をもう一度話してくれとおっしゃられ、いろいろ訊かれました」

「どんなことを訊いたのだ」

「まず、吉川さまは、盗人がどうやって店に出入りしたのか訊かれましたので、手前の知っていることはお話ししました」

益蔵が、あらためて千住小僧が店に侵入し、千両箱を盗んで逃げるまでの経緯をかいつまんで話した。益蔵の話は、当時の町方の者が調べて判明したことと変わりないようだ。

倉田もあらかた知っていた。当時、千住小僧の探索にかかわっていた鬼彦組の根津や利根崎から聞いていたのである。

千住小僧は望月屋の背戸から侵入し、内蔵の鍵をあけて千両箱をひとつだけ担ぎ出し、店の脇のくぐり戸から通りに出たらしい。望月屋と隣りの店の間が狭い板塀になっていて、そこにくぐり戸があったのだ。

背戸の心張り棒とくぐり戸の閂《かんぬき》には、外からはずした形跡がなく、千住小僧は内側からあけたとみられていた。どうやって忍び込んだのか不明だが、千住小僧はまだ店仕舞いしないうちに店内にもぐり込み、奉公人たちが寝静まってから金を盗み、逃げるおりに背戸とくぐり戸を内側からあけたらしい。

「吉川さんが訊いたのは、それだけか」

「店に入ったのは、千住小僧ひとりかと訊かれました」

「どういうことだ?」

千住小僧は望月屋にひとりで侵入した、と倉田は聞いていた。それまでも、千住小僧は仲間をつくらず、単独で盗みに入っていたはずである。

「吉川さまは、仲間がいたのではないかとおっしゃられ、手代の房吉《ふさきち》を呼んで念を押されていました」

「その夜、千住小僧らしい者を見たという手代だな」

倉田は手代の房吉のことも知っていた。

「はい」

「それで、房吉から何か変わった話が出たのか」

倉田が聞いていたのは、望月屋に千住小僧が侵入した夜、たまたま厠《かわや》に起きた房次郎が、それらしい人影を目にしたという話である。

ただ、房吉は、背戸に差し込んだ月明りに、盗人の姿が一瞬浮かび上がったのを目にしただけのようだ。房吉は顫《ふる》えながら背戸の近くまで行ったらしいが、それらしい姿はなかったという話である。

手代部屋にもどった房吉は夢でもみたのだろうと思い、布団にもぐっていたが気になり、明け方ちかくになって手代たちを起こしたという。

結局、奉公人たちが騒ぎだしたのは、夜が明けてからだった。

「房吉の話は、一年前とまったく変わりありませんでした」

益蔵が言った。

「そうだろうな」

いまになって、房吉の話が前と変わるとは思えなかった。

「吉川さまは、盗人はふたりではないかと念を押されていました」

「吉川さんは、ふたりと口にしたのだな」

となると、ただの推測ではない。ふたりらしいことをつかんでいたから、そう訊いたのであろう。

「何ですか、吉川さまのお話では、盗人が入った夜、伊勢町《いせちょう》の入堀近くにいた夜鷹そばが、盗人らしいふたりが走って行くのを目にしたそうです」

「それで、吉川さんは盗人はふたりではないか、と訊いたわけだな」

「はい」

「うむ……」

倉田はいっとき口をつぐんでいたが、

「ところで、番頭、吉川さんは、喜津屋という料理屋のことで何か訊かなかったか」

と、声をあらためて訊いた。常七が、喜津屋を探っていたことを思い出したのだ。

「いえ、喜津屋という料理屋の話は出ませんでした」

「そうか」

倉田は、それから念のために常七のことも訊いてみたが、新たなことは何も出てこなかった。

「手間をとらせたな」

そう言い置いて、倉田は腰を上げた。

店の脇に駒造たち三人が待っていた。倉田は、八丁堀に向かいながら三人から話を聞いたが、千住小僧のことは何も出てこなかった。

ただ、駒造が吉川と常七殺しのことで気になることを聞き込んできた。

「望月屋の斜向かいにある太物《ふともの》問屋の手代から、聞いたんですがね」

そう前置きして、駒造が話した。

吉川たちが殺される数日前、太物問屋の脇に立って、望月屋の店先に目をやっているふたりの男がいたという。牢人と手ぬぐいで頬っかむりした町人だそうだ。ふたりはしばらく店の脇に立っていたが、そのうちにいなくなったらしい。

「あっしが、見たやつかもしれねえ」

伊平が口をはさんだ。

「吉川さんたちを殺ったのは、そのふたりとみていいな。町人の方が、千住小僧かもしれんぞ」

どうやら、ふたりは吉川たちの命を狙って尾けまわしていたようだ。

「それが、千住小僧とは様子がちがうようですぜ」

駒造が言った。

「様子がちがうと？」

「へい、ふたりとも、年寄りのように見えたらしいんでさァ。……牢人には、白髪が目立ったそうで」

「年寄りだと――」

そのふたりが吉川たちを襲ったのだとすれば、千住小僧とちがうことになる。

「ただ、太物問屋の手代が、そう言っただけでしてね。吉川の旦那たちを襲ったやつらとは、ちがうかもしれねえ」

駒造が、自信なさそうに言った。

6

倉田が同心詰所に入っていくと、定廻りの高岡、根津、利根崎の三人が茶を飲みながら話していた。吉川と常七が殺された件らしい。

倉田が三人のそばに腰を折ると、

「倉田、何か知れたか」

と、根津が訊いた。

「望月屋で、気になることを耳にしました」

倉田は、望月屋の番頭から聞いた話をかいつまんで話した。

「すると、吉川さんは、望月屋に入った盗人はふたりとみていたのだな」

根津が、首をひねりながら言った。

「それに、近所で聞き込んだことですが、望月屋の店先を見張っていた男がふたりいましてね。……それが、ふたりとも年寄りらしいんです」

倉田は、駒造から聞いた話を口にした。

「年寄りなのか」

利根崎が首をひねった。高岡と根津も、戸惑うような顔をしている。

「ただ、事件とはかかわりがないかもしれません。……手代の思いちがいということもありますから」

「そうだな。……千住小僧が、年寄りとは思えんな」

根津が言った。

「ところで、闇小町を知っていますか。殺された常七が、探っていたようなんですが」

倉田が三人に目をやりながら訊いた。

「闇小町な……。どこかで、聞いたような気がするな」

利根崎がつぶやいた。

「押し込み一味のなかにいたひとりではないか。ただ、七、八年も前の話だぞ」

根津が言った。

「思い出したぞ。目黒の甚兵衛《じんべえ》一味だ！」

利根崎が声を上げた。

「目黒の甚兵衛……」

言われてみれば、倉田も耳にしたことがあった。ただ、先輩の同心から噂話を耳にしただけである。

甚兵衛という男を頭目とする押し込みだった。町方の探索で、甚兵衛の塒が目黒にあったらしいことが分かり、目黒の甚兵衛と呼ばれるようになったのだ。

「甚兵衛一味は米問屋の岸田屋《きしだや》に押し入った後、ぷっつりと姿を消してしまったのだ。……七、八年は経つかなァ。一味のなかに、闇小町と呼ばれる女がいたと聞いているが」

根津が小声で言った。

「やはり女ですか」

「そうらしい。たまたま、岸田屋の奉公人が目にしたらしいが、闇に浮かび上がった賊のひとりの顔が、色白の若い娘に見えたことから闇小町と言われるようになったようだ」

「……………」

妙だな、と倉田は思った。その闇小町を、殺された常七が探っていたらしいのだ。常七は吉川の指図で動いていたはずなので、吉川が闇小町を追っていたことになる。

「どうだ、例繰方《れいくりかた》の宮林《みやばやし》さんに訊いてみたら」

根津が、湯飲みを手にしたまま言った。

「そうしますか」

倉田が腰を上げると、

「わたしも、ごいっしょします」

と言って、高岡も立ち上がった。

例繰方は、町奉行所で取り扱った犯罪の記録を蒐集《しゅうしゅう》する役である。ただ、例繰方には、犯罪を記録して探索のために役立てることの他に大事な仕事があった。例繰方には先例を記録した御仕置裁許帳があり、捕らえた犯罪者の口書がまわってくると、その罪状を御仕置裁許帳と照らし、処罰のための書類を作成して奉行に提出するのだ。奉行はそれを参考にして裁断を下すことになる。

宮林宗一郎《そういちろう》は初老で、例繰方の古株だった。例繰方の同心のなかでも、過去の事件に精通している。

倉田と高岡は同心詰所を出ると、奉行所の玄関近くにある例繰方の詰所にむかった。

詰所に与力の姿はなく、四人の同心が机にむかって帳簿になにやら記載していた。宮林も筆を手にして書いている。

例繰方には、与力ふたりと同心四人が配属されているが、与力の姿はなかった。奉行所内のどこかに出かけているのだろう。

倉田たちは宮林のそばに近付き、

「宮林さん」

と、声をひそめて言った。他の三人に聞こえないように気を使ったのである。

「倉田さんか」

宮林は筆を手にしたまま顔を上げた。

「お聞きしたいことがあるのですが」

「何かな」

「目黒の甚兵衛という盗賊のことで、知りたいことがあるのです」

「目黒の甚兵衛か。……ずいぶん古い話だな」

宮林が筆を置いて言った。

「それに、闇小町のことも」

「闇小町が、また姿を見せたのか」

宮林が驚いたような顔をして訊いた。

「はっきりしたことは分からないのですが、いま探索中の件で、闇小町の名が出てきたもので——」

「そうか。いま、帳面を持ってくるが、ここでは話せんな」

宮林が、座敷に目をやって言った。ここで話すと、他の同心の仕事の邪魔になるのであろう。

「同心詰所はどうです」

これまでも、倉田は宮林から事件の話を聞くとき、同心詰所に来てもらったことがあったのだ。

「承知した」

宮林は立ち上がると、座敷の奥の小簞笥をあけて、分厚い帳面を手にした。だいぶ古い帳面らしく、表紙が手垢で黒ずんでいる。

倉田はその帳面を知っていた。宮林が御用帳と呼んでいるもので、宮林が見聞した事件が長い年月にわたって独自に記録してある。

その御用帳を元に、倉田は宮林から過去の事件の話を何度か聞いていたのだ。

7

同心詰所には、根津が残っていた。利根崎の姿はなかった。市中の巡視に出たのであろう。

「宮林さん、おれも話を聞いていいかな」

根津が宮林に訊いた。

「いいですよ。おれも、屍視の彦さんには、いろいろ話を聞かせてもらっているからね」

宮林は笑みを浮かべて言った。宮林は、根津が鬼彦組のひとりで、倉田たちと同じ筋を追っていると承知しているようだ。それに、ふたりとも古参の同心で、お互いに気心を知っている仲である。

四人が座敷のなかほどに集まると、

「目黒の甚兵衛のことだそうだな」

宮林が、手にした帳面をひろげた。

倉田がこれまでの経緯を簡単に話した上で、

「目黒の甚兵衛のことを話してもらえませんか」

と、あらためて言った。

「待て、待て……」

宮林は持参した御用帳をいっとき繰っていたが、ここだ、ここだ、と言って、記載されたものに目をやっていた。

「……目黒の甚兵衛が、初めて押し込みを働いたのが、いまから十五年前だな。最初は、深川の油問屋に押し入り、千三百両ほど奪っている。……その後、八年の間に五軒押し入っているな」

宮林は、押し入った店の名を口にした。いずれも、大店だった。すべて記載してあるらしい。

「そして、七年前の夏、浅草茅町《かやちょう》の米問屋、岸田屋に押し入って、八百両ほどの金を奪った。ところが、一味が逃走しているところを目にした者がふたりいた。ひとりは夜鷹で、大川端から舟に乗るところを見た。……もうひとりは泥酔して、深川西平野町の仙台堀沿いの道にへたり込んでいた大工だ」

宮林によると、ふたりの目撃者を見つけだしたのは、南町奉行所の蓮見《はすみ》という定廻り同心だという。

「そういえば、そんなことがあったたな。南町奉行所にしてやられたと、悔しがったのを覚えている」

根津が言った。

「南町奉行所の蓮見《みなみ》さんは、その目撃者の話から一味がどうやって逃げたか、割り出したらしい」

一味は茅町から大川端に出て舟に乗り、大川を下って仙台堀に入り、西平野町で舟を下りて陸《おか》に上がったとみたようだ。

「蓮見さんは、一味の隠れ家は西平野町にあると睨んだようだ」

宮林が、御用帳を見ながら話をつづけた。

西平野町は仙台堀沿いにつづき、町を抜けると武家地になるので盗人一味の住むような地はなかった。そこで、蓮見は一味の隠れ家は西平野町のどこかにあると踏んで、ひそかに手先たちに探らせたという。

「蓮見さんは隠れ家をつかみ、捕り手をむけたが、捕ったのはふたりだけだった。そのふたりも、大番屋へ連れていく前に、持っていた匕首で喉を切って死んだらしい。……捕物のとき、甚兵衛は捕方が突き出した刺股《さすまた》の先が頰に当たり、怪我をしたという話もある。それで、盗賊の足を洗ったという者もいるが——」

「顔に怪我を」

高岡がつぶやくように言った。

「噂でな、はっきりしたことは分からない」

「ところで、一味は何人でしたか」

倉田が訊いた。

「九人だ。頭目の甚兵衛をはじめ、七人は隠れ家から逃走したらしい。……その後、甚兵衛たちは、ぷっつりと姿を消してしまったのだ」

そこまで話して、宮林は一息ついた。

「宮林さん、一味のなかに闇小町と呼ばれている女がいると聞いたのですが」

倉田が、訊いた。

「岸田屋の奉公人が、見たらしいな。……逃げた九人のなかに女もいたそうだから、それが闇小町ではないかな」

「その後、甚兵衛一味も闇小町も、まったく姿をあらわさないのですか」

それまで黙って聞いていた高岡が、口をはさんだ。

「おれの知るところではな」

宮林は御用帳を手にしたまま言った。

「宮林さん、一味のなかに千住小僧はいませんでしたか」

倉田は念のために訊いてみた。

「そこまでは、分からないな。ただ、甚兵衛はかなりの歳のはずだ。いまは、仲間もそう若くはあるまい」

「一味に、武士はいなかったのですか」

「ひとりいた。他の仲間と同じように黒装束だったらしいが、その男だけ刀を差していたようだ」

「いたのか」

倉田の脳裏に、大川端で吉川たちを襲った牢人のことがよぎった。ただ、その牢人が甚兵衛一味の者と決め付けるのは早いだろう。

「もうひとつ訊きたいことがあるのですが」

倉田が声をあらためて言った。

「なんだ」

「甚兵衛一味の押し込みの手口が分かりますか」

「手口な」

宮林は、また御用帳をひらいて目を落としていたが、

「どの店も、同じような手口で侵入し、土蔵や内蔵の錠前を破って金を奪ったようだ」

宮林によると、一味のひとりが店仕舞いする前に、客や店の奉公人を装って店内に入り、納戸《なんど》や床下などにもぐり込んでいて、店の者が寝静まった夜更けに店の内側から表戸や背戸をあけ、仲間を侵入させるそうだ。

「手口が、千住小僧と似ている！」

思わず、倉田が声を上げた。

千住小僧も、店仕舞いする前に店内にもぐり込んでいたらしいのだ。

「似ているな」

根津も、けわしい顔をしてうなずいた。

……やはり、千住小僧と甚兵衛一味は、何かかかわりがあるようだ。

倉田は胸の内でつぶやいた。

第二章　老剣客

1

新十郎は、北町奉行所の同心詰所に羽織袴姿で座していた。座敷にいるのは、倉田たち鬼彦組の六人の同心である。

「実は、昨日、お奉行とお会いしてな、此度《こたび》の件で話があったのだ。それで、集まってもらったのだ」

新十郎が切り出した。

北町奉行は、榊原主計頭忠之《さかきばらかずえのかみただゆき》だった。榊原が北町奉行に就任して十年余が経つ。町奉行としては異例の長さで、幕閣や江戸の町民の評判はよかった。

新十郎が榊原に呼ばれて奉行の役宅で榊原と顔を合わせると、

「定廻りの吉川が何者かに殺害された件だが、すでに彦坂は探索にあたっているそうだな」

すぐに、榊原が切り出した。

おそらく、榊原は内与力の涌田稲之助《わくたとうのすけ》から話を聞いたのだろう。内与力は奉行所内にいる他の与力とちがって、奉行が己の家臣のなかから選任した者である。いわば、奉行の秘書のような存在で、奉行所内の出来事を奉行に報告することも仕事のうちである。

「はい」

新十郎は隠さなかった。すでに、榊原は涌田をとおして、新十郎が鬼彦組を率いて探索にあたっていることを知っているはずである。

榊原は、吟味方与力である新十郎が事件の探索や捕縛にかかわることを認めていた。ひとりの同心の手におえないような難事件や大勢で徒党を組む一味には、鬼彦組の個々の能力を生かした組織力と捜査法が、絶大な力を発揮することを知っていたからである。

「此度の件は、北町《きた》奉行所の同心が殺害されたものだ。……聞くところによると、南町《みなみ》奉行所の者も動いているようだが、どんなことがあっても、われらの手で下手人を挙げねば、北町奉行所の顔がたたぬぞ」

榊原の声に、強いひびきがくわわった。

「心得ております」

新十郎も、下手人が捕らえられなかったり、南町奉行所の手で捕らえられたりすれば、北町奉行所の面目は丸潰れだと承知していた。

「それで、下手人の目星はついたのか」

榊原が訊いた。

「それが、まだ……」

下手人はおろか、吉川と常七殺しの狙いも分からない。それに、これといった手掛かりもないのだ。

「彦坂」

榊原が新十郎を見つめて言った。

「鬼彦組の者を使って、探索にあたれ」

「承知しました」

新十郎は奉行の役宅を出た後、顔を合わせた倉田に連絡させ、その翌日、鬼彦組の者たちを同心詰所に集めたのだ。

新十郎は、奉行との話を集まっている倉田たちに伝えた後、

「これまで、つかんだことを話してくれ」

と言って、男たちに視線をまわした。

「では、それがしから」

倉田が、殺された吉川と常七が、望月屋に盗みに入った千住小僧を探っていたことを改めて話した。

「千住小僧な」

新十郎はうなずいた。

「それに、闇小町もかかわりがあるようです」

さらに、倉田が言った。

「闇小町とは何者だ」

新十郎が訊いた。

するど、倉田と新十郎のやり取りを聞いていた根津が、倉田たちといっしょに例繰方の宮林から聞いた話として、七年ほど前まで江戸市中を騒がせていた目黒の甚兵衛一味のひとりらしいことを説明した。

「目黒の甚兵衛まで、出てくるとはな。……根の深い事件《やま》のようだ」

新十郎が顔をけわしくして言った。

これまで、吉川殺しの探索に直接かかわっていなかった狭山と田上は、驚いたような顔をして話を聞いていた。

「いずれにしろ、千住小僧と闇小町を探れば、此度の件の筋が見えてくるような気がします」

倉田が言った。

「まず、探るのは、千住小僧と闇小町か。……それに、目黒の甚兵衛も洗いなおさねばならんな」

新十郎は、吉川殺しの下手人の捕縛が何より大事だが、甚兵衛も捕らえられればそれに越したことはないと思った。

「彦坂さま、われらはどう動きますか」

利根崎が訊いた。

「分担を決める前に言っておくが、これからは総出であたりたいので、狭山と田上にも探索にくわわってもらうぞ」

新十郎が、狭山と田上に目をやって言った。

「承知しました」

田上が言うと、狭山もうなずいた。

「それで、どう探索を進めるかだが、狭山と田上には目黒の甚兵衛の件を洗いなおしてもらうかな。……これまで、ずいぶん探ったはずなので、新たなことは出てこないかもしれんが、やってみてくれ」

新十郎は、古い事件なので経験の長い臨時廻りの方が探りやすいとみて指示したのである。

「根津と利根崎は、千住小僧だな。もう一度、盗みに入られた店にあたって、洗いなおしてくれ」

「やってみます」

根津と利根崎がうなずいた。

「倉田と高岡には、闇小町を頼みたいが、何か探る手があるか」

新十郎は倉田に目をむけて訊いた。

「闇小町とかかわりがあるかどうか、はっきりしませんが、浅草の小料理屋を探ってみます」

倉田は、伊平から常七が東仲町にある小料理屋を探っていたことを聞いていたが、まだ手をつけていなかったのだ。

「何かつかんだら知らせてくれ」

そう言った後、新十郎は六人の男に目をやり、

「油断するなよ。……だれが、どこで、おれたちを狙っているか分からん。吉川の二の舞いになる恐れがある」

と、顔をひきしめて言った。

2

「倉田の旦那、この先ですぜ」

伊平が、人混みのなかを歩きながら言った。

倉田、駒造、浜吉の三人は伊平の先導で、浅草東仲町に来ていた。小料理屋を探るためだが、その前に料理屋の喜津屋がどこにあるのかつきとめねばならない。倉田は、伊平が喜津屋を知っていると話したので、案内させたのである。

四人は、浅草寺の門前に近い賑やかな通りを歩いていた。通りの両側には、料理屋や料理茶屋などが軒を連ね、参詣客や遊山客が行き交っている。

通りを南にむかっていっとき歩くと、伊平が路傍に足をとめ、

「あれが、喜津屋でさァ」

と言って、斜向かいにある店を指差した。

老舗《しにせ》の料理屋らしい二階建ての店だった。暖簾の下がった戸口は、洒落《しやれ》た格子戸になっていた。戸口の脇につつじの植え込みと籬《まがき》がある。

四ッ（午前十時）を過ぎたばかりだったので、まだ、客はないらしく店はひっそりとしていた。

「喜津屋の近くの小料理屋という話だったな」

倉田が伊平に訊いた。

「へい」

「小料理屋だが、店の名は分かるのか」

「それが、親分から聞いてねえんでさァ」

伊平が困ったような顔をして言った。

「小料理屋というだけでは、探しづらいが……」

倉田は通りに目をやった。

通り沿いで目を引くのは、料理屋、料理茶屋、そば屋などだが、小体《こてい》な店もあった。参詣客や遊山客相手の土産物店、団子や菓子を売る店、小間物屋などである。

小料理屋は目につかなかった。縄暖簾を出した飲み屋や小料理屋があるのは、裏路地かもしれない。

倉田たちは、近くに裏路地があったので入ってみた。思ったとおり、飲み屋、小料理屋、一膳めし屋などが目についた。裏路地だが、ひと通りは多く賑わっていた。

倉田は、常七が探っていた店をつきとめねばならないと思った。手掛かりは闇小町だけである。

店に闇小町らしい女がいるか訊くのだが、訊かれた方は闇小町の名を出しても何のことか分からないだろう。

「手分けして探りたいが、闇小町の名は出せんな。……ともかく、女将《おかみ》か女中に色白の年増がいるかどうか訊いてみろ。それに、ちかごろ、御用聞きらしい男が調べにこなかったか、訊く手もある」

倉田はそう言って、駒造たち三人と一刻《とき》（二時間）ほどしたら喜津屋の脇に集まることにして分かれた。

倉田は路地を歩きながら小料理屋が目にとまると、近くの店に立ち寄って話を訊いてみた。三軒の小料理屋を探ったが、常七が探っていた店かどうか分からなかった。三軒とも、年増の女将がいたが、闇小町ではなさそうだった。倉田は都合五人から話を聞いたが、御用聞きらしい男のことも出てこなかった。

……つきとめるのは、むずかしいな。

倉田は別の手掛かりがないと、つきとめられないような気がした。

それでも、倉田は小料理屋を探しながら路地を歩いた。

倉田の目に、小洒落た小料理屋が目にとまった。戸口は格子戸で、脇に掛け行灯《あん》《どん》があった。「小浜屋《こはまや》」と記してある。

店先に、暖簾が出ていなかった。格子はしまっている。店はひっそりとして、物音も話し声も聞こえなかった。

倉田は戸口に近付き、格子戸を引いてみた。──開かない。内側から、板でも打ち付けてあるような感じである。

……店は閉じたのか。

妙だな、と倉田は思った。

狭い路地だが、行き交うひとの姿は多かった。それに、店は客の好みそうな洒落た感じがし、客がつかなくて潰れるような店には見えなかった。

倉田は近くに小間物屋があるのを目にとめ、店に入ってあるじらしい年配の男に話を聞いてみた。

「そこの小浜屋だが、店仕舞いしたのか」

「はい、十日ほど前に」

男は腰を低くして答えた。顔に警戒するような色が浮いた。倉田の身装《みなり》から、八丁堀同心と分かったからであろう。

「なぜ、店をしめたのだ。潰れたわけではあるまい」

「てまえには、なぜ、店をしめたか分かりません。盛っていた店でしたが……」

男は、首をひねった。

「店をやっていたのは、だれだ？」

「おしのさんという女将と、宗吉《そうきち》さんという包丁人です。……それに、おくらさんという手伝いがいました」

男によると、おしのは色白の年増で、宗吉は三十四、五ではないかという。また、おくらは、でっぷり太った四十がらみの女だそうだ。

「ところで、ちかごろ御用聞きが、小浜屋のことで話を聞きに来なかったか」

倉田が訊いた。

「来ましたよ」

「来たか！」

思わず、倉田の声が大きくなった。

「常七という名ではないか」

「名は知りませんが――」

「四十がらみの男か」

倉田は、常七の顔付きも言い添えた。

「その親分さんですよ」

「そうか」

常七が探っていたのは、小浜屋のようだ。闇小町は、おしのと名乗る色白の年増ではあるまいか。ただ、闇小町なら本名を名乗るはずはないので、おしのは偽名かもしれない。

「おしのという女将だが、いまどこにいるか知っているか」

倉田が訊いた。

「知りませんねえ。……小浜屋のおしのさんや宗吉さんとは、話したことがありませんから」

男によると、小浜屋は三年ほど前まで別の男がやっていたが、病で亡くなり、その後、宗吉が店を居抜きで買い取ってつづけていたという。

「おくらという女は？」

倉田は、おくらに訊けば分かるかもしれないと思った。

「西仲町から、小浜屋に通っていたようですよ。……家は作兵衛店《さくべえだな》という長屋と聞いてますが」

「作兵衛店な」

それだけ分かれば、つきとめられるだろう。

さらに、倉田は、宗吉や店に出入りする客のことを訊いてみたが、男から新たなことは出てこなかった。

倉田は表通りにもどり、喜津屋にむかった。店の脇で、駒造たち三人が待っていた。先にもどっていたようだ。

倉田たちは、近くにあったそば屋に入り、店のあるじに頼んで小座敷を使わせてもらうことにした。追い込みの座敷には客がいたので、捕物の話はできなかったのだ。

注文したそばと酒がとどき、酒でいっとき喉を潤してから倉田が、

「まず、おれから話そう」

と言って、小間物屋のあるじから聞いた話をした。

「旦那、あっしも小浜屋のことは、聞きやしたぜ」

すぐに、駒造が言った。

駒造によると、話を聞いた八百屋の親爺が、小浜屋の常連客だったという。

「それで、何か知れたのか」

「旦那が聞き込んだことと同じでさァ。……ただ、ひとつ気になることを耳にしたんですがね」

「気になるとは？」

「親爺によると、おしのを馴染みにしている年寄りの客がいて、そいつの頬に傷跡があるそうでさァ」

「頬に傷跡……」

「目黒の甚兵衛の頬にも、傷跡があると聞きやしたぜ」

駒造が目をひからせて言った。

「そいつが、目黒の甚兵衛か！」

例繰方の宮林の話では、隠れ家に捕り手が踏み込んだとき、甚兵衛は捕り手の刺股の先が頬に当たり、怪我をしたらしいということだった。しかも、甚兵衛は年寄りである。

「あっしは、目黒の甚兵衛とみやした」

「甚兵衛が、小浜屋のおしのと会っていたことになるな。……とすれば、おしのは闇小町とみていいのではないか」

「まちげえねえ」

駒造が言うと、浜吉と伊平もうなずいた。

「宗吉は甚兵衛一味のひとりか、それとも千住小僧か……」

宗吉は千住小僧と呼ばれている男らしいが、甚兵衛一味のひとりだったとも考えられる。もっとも、宗吉も本名ではないかもしれない。

駒造につづいて浜吉と伊平からも話を聞いたが、新たなことは出てこなかった。

倉田たちは、そばで腹ごしらえをしてから店を出ると、その足で西仲町へむかった。おくらから話を訊くためである。

西仲町は、東仲町に隣接する町である。倉田たちは西仲町の町筋に入ると、土地の住人らしい者や通り沿いの店に立ち寄ったりして、作兵衛店はどこか訊いた。

陽が西の空にかたむいたころ、作兵衛店が知れた。家におくらがいたので、おしのや宗吉のことを訊いてみたが、闇小町や千住小僧につながるような話は聞けなかった。

「ところで、おくら、小浜屋に頰に傷を持った客がこなかったか」

倉田が訊いた。

「年寄りですか」

「そうだ」

「勘助《かんすけ》さんですか」

おくらが言った。勘助という名らしいが、おそらく偽名であろう。

「勘助は、店によく来たのか」

「店をとじる三月ほど前から、顔を見せるようになりましてね。ちかごろは、奥の小座敷で女将さん相手に飲むことが多かったようですよ」

「ふたりの話を聞いたことがあるか」

「ありません。あたしがそばに行くと、すぐ話をやめてしまいましたから」

おくらが、戸惑うような顔をして言った。

「ところで、宗吉とおしのだが、夫婦なのか」

千住小僧と闇小町であれば、ふたりは盗人仲間という関係だけではないだろう、と倉田はみたのだ。

「夫婦かどうか知りませんけどね。……いっしょに小浜屋の二階で寝起きしてたんですから、他人じゃァないでしょうよ」

おくらが、口許に薄笑いを浮かべた。

「ところで、ふたりは小浜屋を出た後、どこへ行ったのだ。……どこかに塒《ねぐら》があるはずだがな」

倉田は、ふたりの居所が知りたかった。

「あたしには何も話さずに、店をしめて出ていっちまったんですよ」

おくらが、頬を膨らませて不服そうな顔をした。

「おまえに、行き先も話さなかったのか。薄情なやつらだな」

「まったくですよ。……宗吉さんが、女将さんに吾妻橋《あづまばし》の近くだと話しているのを聞いたことがあるので、その辺りだとは思いますけどね」

おくらが言った。

「吾妻橋の近くか」

つきとめられるかもしれない、と倉田は思った。借家か長屋か分からないが、ちかごろ越してきた夫婦の住む家を探すのである。

「おくら、手間をとらせたな」

そう言い置いて、倉田たちはおくらの家を出た。

すでに陽は沈み、西の空は茜色《あかねいろ》の夕焼けに染まっていた。

3

倉田は、駒造と浜吉を連れて大川端を歩いていた。そこは浅草材木町で、大川にかかる吾妻橋の近くである。倉田たちは、宗吉とおしの住む家を探しに来ていたのである。

陽は西の空にまわっていた。七ツ半(午後五時)を過ぎているだろうか。夕陽が大川の川面を淡い茜色に染めている。

「今日のところは、これで帰るか」

倉田たちは昼前から材木町に足を運んできて吾妻橋近くを歩き、宗吉とおしの住む家を探したが、見つからなかったのだ。

「旦那、明日は花川戸町《はなかわどちょう》へ行ってみやすか」

駒造が言った。

「そうだな」

浅草花川戸町も吾妻橋近くで、橋の北側の川沿いの地にひろがっている。倉田たちが吾妻橋の近くに来て、宗吉たちの家を探し始めて三日目だが、これまでは材木町だけで花川戸町には足を踏み入れてなかったのだ。

倉田たち三人は、材木町から駒形町へ入った。奥州街道に出て南にむかい、八丁堀まで帰るつもりだった。

浅草御門を過ぎ、さらに奥州街道を日本橋にむかって歩いた。奥州街道は、まだ人通りがあった。迫りくる夕闇に急《せ》かされるかのように、行き交う人々が足早に通り過ぎていく。

倉田たちが浜町堀にかかる緑橋を渡り終えたとき、石町《こくちょう》の暮れ六ツ（午後六時）の鐘が鳴った。その鐘の音が合図ででもあったかのように、通りのあちこちから表店の大戸をしめる音が聞こえてきた。

倉田たちはすこし足を速めた。暗くならないうちに、八丁堀まで帰りたかったのだ。倉田たちは大伝馬町まで来ると、左手の路地に入った。入堀沿いの通りを経て、江戸橋を渡るのである。

江戸橋を渡って本材木町の楓川《もみじがわ》沿いの通りに出ると、人影はまばらになった。辺りは薄暗い夕闇につつまれている。

倉田たちは、楓川にかかる海賊橋を渡った。その先が、町奉行所の与力や同心の住む屋敷のある八丁堀である。

倉田たちが大名屋敷の前を通り、南茅場町《みなみかやばちょう》に入ったときだった。

駒造が背後を振り返り、

「旦那、後ろの三人、江戸橋を渡ったときからついてきやすぜ」

と、低い声で言った。

「おれも、気付いていた」

ひとりは、総髪の牢人だった。小袖に袴姿で、黒鞘の大刀を一本落とし差しにしている。他のふたりは町人だった。ふたりとも腰切半纏に黒の股引姿で、手ぬぐいで頬っかむりしていた。ひとりは痩身、もうひとりは小柄である。

「おれたちを襲う気かもしれないぞ」

倉田は、吉川たちを襲ったふたりに、もうひとりくわわったのではないかと思った。

「だ、旦那、やつら走ってくる！」

浜吉が、うわずった声で言った。

後ろの三人が走りだした。足が速い。見る間に、倉田たちに迫ってくる。すこし前屈《まえかが》みで走る姿は、獲物を追う狼のようだった。

三人は倉田たちが人影のない通りに出るのを待って、仕掛けてきたようだ。

「旦那、どうしやす」

駒造が顔をこわばらせて訊いた。

「やるしかないな」

倉田は、逃げきれないだろうと思った。

敵は三人、味方も三人、何とかなるだろう。それに、うまくいけば、吉川たちを殺した下手人を捕らえられるかもしれない。

「駒造、浜吉、捕ろうと思うな！　逃げていればいい」

倉田は牢人を斃《たお》せば、ふたりの町人の相手もできると踏んだのである。

「へい！」

駒造が答え、ふたりは十手を手にした。

三人の男は走り寄り、牢人が倉田の前に立った。

……年寄りだ！

牢人は、老齢だった。総髪に白髪が目立った。顔には皺があり、老人特有の肝《し》斑《み》も浮いている。

駒造と浜吉の前に、ふたりの町人がまわり込んできた。すでに、ふたりとも匕首を手にしている。手ぬぐいで頰っかむりしているので顔ははっきりしないが、ふたりの町人も年配の感じがした。

「何者だ！」

倉田が、牢人を見すえて誰何《すいか》した。

牢人は無言だった。両腕をだらりと垂らしたまま倉田を見すえている。面長《おもなが》で、頰骨が張っていた。細い目が、夕闇のなかでうすくひかっている。老体だが、腰はどっしりと据わっていた。身構えにも、隙がない。遣い手とみていいようだ。

「大川端で、吉川さんたちを襲った者たちだな」

「問答無用──」

牢人は刀の柄《つか》に右手を添えた。

「目黒の甚兵衛の仲間か」

倉田も、右手で柄を握りながら訊いた。

一瞬、牢人の視線が揺れた。突然、甚兵衛の名を出されて動揺したのかもしれない。だが、牢人はすぐに表情を消して刀を抜いた。

倉田も抜刀し、青眼に構えて切っ先を牢人の目線につけた。

牢人は下段だった。足元に、だらりと刀身を下げている。低い下段だった。切っ先が、地面に付きそうである。

「地摺《ちず》り下段……」

牢人が低い声で言った。

……こやつ、手練《てだれ》だ！

牢人は刀身を足元に垂らしているだけに見えるが、異様な殺気があった。体の正面に下ろした刀身が、銀色《しろがねいろ》の一本の細い筋になり、そのまま倉田に迫ってくるような威圧感を生んでいた。

ふたりの間合はおよそ四間――。まだ、斬撃の間境の外である。

4

倉田と牢人は対峙《たいじ》したまま動かなかったが、

「いくぞ」

牢人が一声発し、先に仕掛けてきた。

趾《あしゆび》を這《は》うように動かし、ジリジリと間合を狭めてくる。体の正面に垂らした刀身が、一本の筋となって迫ってくる。

倉田は動かなかった。気を静めて、牢人の下段からの斬撃を読もうとしていた。

……下段から撥《は》ね上げるしかない。

ただ、下段から撥ね上げる初太刀で、斬るのはむずかしい。おそらく、牢人は倉田の刀をはじくだろう。

……二の太刀が勝負だ！

と、倉田は読んだ。

倉田と牢人との間合が、しだいにせばまってきた。牢人は痺《しび》れるような殺気を放ち、斬撃の気配を見せながら、一足一刀の斬撃の間境に近付いてくる。

倉田はすこしずつ刀身を上げた。振り上げざま斬り込む初太刀を、すこしでも迅《はや》くしようとしたのである。

牢人が寄り身をとめた。斬撃の間境の一歩手前である。絶妙な間合だった。下段から一歩踏み込めば、仕掛けられる間合だ。

牢人の全身に気勢が満ち、斬撃の気配が高まってきた。

……先《せん》をとらねば、後れをとる！

そう察知した瞬間、倉田の全身に斬撃の気がはしった。

刹那《せつな》、牢人の体がわずかに沈んだ。斬撃の起こりである。

イヤアッ！

タアリャッ！

ふたりの裂帛《れっぱく》の気合が静寂を劈《つんざ》き、ふたりの体《たい》が躍った。

ほぼ同時に、倉田の刀身が袈裟にはしり、牢人の刀身が下段から撥ね上がった。

瞬間、にぶい金属音がひびき、青火が散って倉田の刀身がはじかれた。

次の瞬間、牢人が撥ね上げた刀身を青眼にとるや否や、倉田の胸のあたりを狙って突いてきた。一瞬の太刀捌《さば》きである。

……突きか！

倉田は刀で受ける間がなかった。

咄嗟に、倉田は体を右手に倒して突きの切っ先をかわそうとした。

だが、一瞬遅れた。左の肩先に、焼き鏝《ごて》を当てられたような衝撃がはしった。

牢人の切っ先が、肩先をとらえたのだ。

倉田はすばやく体勢をたてなおし、大きく後ろへ跳んだ。牢人の次の斬撃から逃れたのである。

倉田はふたたび青眼に構えた。左肩に激痛があった。裂けた羽織が血に染まっている。左手で刀の柄を握って構えられるが、刀身がワナワナと震えていた。激痛と興奮とで力み、体が顫えているのだ。

牢人は刀身を下げて下段に構えた。地摺り下段である。牢人の顔は無表情だったが、双眸《そうぼう》が燃えるようにひかっていた。牢人も一合したことで気が昂《たかぶ》り、体中の血が滾《たぎ》っているようだ。

……このままでは斬られる！

と、倉田は察知した。

駒造と浜吉に目をやると、ふたりもあやうかった。駒造は左袖が裂け、かすかに血の色があった。浜吉は腰を引いて、匕首を構えた相手から逃げようとしている。

「駒造、浜吉、呼び子を吹け！」

倉田が叫んだ。

この近くには、大番屋があった。同心たちの組屋敷も遠くない。呼び子の音を聞いて、同心や手先が駆け付けるかもしれない。

以前、倉田は八丁堀で襲われたとき、呼び子を吹いて助けを呼んだことがあった。そのときは、通りかかった八丁堀同心が駆け付けてくれたのだ。

「へ、へい！」

駒造が後じさりながら呼び子を取り出した。浜吉も、逃げながら呼び子を手にした。ふたりは、顎を突き出すようにして呼び子を吹いた。

ピリピリピリ……。

甲高い呼び子の音が、辺りにひびいた。

倉田に刀をむけていた牢人の顔に、戸惑うような表情が浮いた。ふたりの町人も、匕首を手にしたまま逡巡するような素振りを見せた。

「こやつを斬る間はある」

牢人はそう言うと、あらためて地摺り下段に構えなおした。

なおも、呼び子の音はつづいた。駒造と浜吉は相手から逃げながら、必死に呼び子を吹きつづけている。

倉田は青眼から八相に構えなおしたが、左肩の傷で体勢がくずれていた。

……勝負にならぬ！

次の突きはかわせない、と倉田はみた。だれか助けに来てくれるまで、逃げるしか手はなかった。

倉田は後じさった。牢人が斬撃の間合に入れないように動くのである。

牢人は摺り足で迫ってきた。

倉田は逃げた。時を稼がねばならない。

「逃げるか！」

牢人の寄り身が速くなった。

そのとき、倉田の足がとまった。背後に町家の板塀が迫り、それ以上さがれないのだ。

牢人は斬撃の間境の一歩手前で、寄り身をとめた。この間合から、仕掛けてくるのである。牢人の全身に気勢がみなぎり、斬撃の気配が高まった。

イヤアッ！

突如、倉田は裂帛の気合を発し、斬り込むと見せて右手に跳んだ。

間髪を入れず、牢人の体が躍り、下段から刀身を上げざま突き込んできた。鋭い突きである。

切っ先が倉田の肩先をかすめ、倉田の背後の板塀を突き破った。

この一瞬の隙をとらえれば、倉田は牢人を斬れたかもしれない。だが、倉田は右手に跳んだときに体勢をくずしたため、咄嗟に刀がふるえなかった。体勢をたてなおし、八相に構えるのがやっとだった。

倉田の前にまわり込んできた牢人は、下段にとらなかった。低い青眼に構え、切っ先を倉田の胸のあたりにむけている。突きの構えだった。そのまま突いてくるようだ。

そのときだった。通りの先で、「あそこだ！」「斬り合っているぞ」と、男の声が聞こえた。

見ると、町奉行所の同心らしい男と町人がふたりいた。町人は、同心の手先らしい。三人は、倉田たちの方へ駆けてくる。

ピリピリ、と呼び子の音がひびいた。ふたりの手先が、走りながら呼び子を吹いたのだ。

牢人は顔をしかめ、倉田から間をとると、

「いずれ、うぬはおれが斬る！」

と言い捨て、反転した。

駒造と浜吉に匕首をむけていたふたりも、慌てて後じさり、牢人の後を追って走りだした。

……助かった！

倉田は胸の内で声を上げた。

「だ、旦那ァ！」

浜吉が、悲鳴のような声を上げた。

駒造と浜吉に目をやると、ふたりはよろめくような足取りで、倉田の方へ近寄ってきた。ふたりの顔が、興奮と恐怖でひき攣《つ》っている。

駒造は左腕を右手で押さえていた。袖が裂け、血に染まっている。浜吉も、傷を負ったようだ。着物の胸の辺りが裂けて、かすかに血の色があった。ただ、浅手らしかった。

「旦那、やられたんですかい」

駒造が、倉田の左肩に目をやって訊いた。

「たいした傷ではない」

倉田はそう言ったが、浅い傷ではなかった。左腕は動くが、出血が激しい。裂けた袖がどっぷりと血を吸っている。

そこへ、同心とふたりの手先が駆け付けた。

同心は北町奉行所の養生所見廻りの千賀《ちが》健助《けんすけ》という男だった。倉田は、話したことはなかったが千賀の顔を知っていた。

「く、倉田どの、傷を負ったのか」

千賀が興奮した面持ちで訊いた。千賀も、倉田の名を知っているようだ。

「かすり傷だ。千賀どののお蔭で、助かった」

倉田が言った。

「あやつら、何者でござる」

「吉川どのたちを襲った者たちらしい」

千賀も、吉川と岡っ引きが斬殺されたことは知っているはずである。

「八丁堀にまで、乗り込んできたのか！」

千賀が驚いたような顔をした。

5

夕餉《ゆうげ》の後、新十郎が座敷でくつろいでいると、廊下を慌ただしそうに歩く音がし、

「旦那さま、旦那さま」

と、障子の向こうで、青山の声がした。

「入れ」

新十郎が声をかけると、障子があいて青山が顔を出した。ひどく慌てているようである。

「どうした?」

「倉田さまの使いで、利助なる者が来ております」

「何の用だ」

新十郎は利助を知っていた。倉田に仕える小者である。

「倉田さまが何者かに襲われ、怪我をされたそうです」

「なに、倉田が怪我をしたと!」

襲ったのは、吉川たちを斬殺した者たちではあるまいか。倉田は、深手を負ったのかもしれない。新十郎に伝えたいことがあるのだろうが、軽い傷なら小者を使いに寄越さず、倉田自身で来るはずである。

「行ってみよう」

新十郎は、すぐに腰を上げた。

「それがしが、供をいたします」

青山が昂った声で言った。

新十郎は、青山を連れて玄関から出た。外は夜陰につつまれていた。弦月が、頭上でかがやいている。

新十郎は玄関脇で提灯《ちょうちん》を手にして待っていた利助につづき、八丁堀の道を足早に倉田の住む組屋敷にむかった。

倉田の家の戸口で待っていたのは、倉田の妹のきくだった。きくは十五歳、色白で目鼻立ちのととのった顔をしていた。その顔に、不安そうな表情があった。体がかすかに顫えている。

「ひ、彦坂さま、お上がりになってください」

きくが、声を震わせて言った。戸口で、新十郎を待っていたようだ。いつもの快活なきくと違って、新十郎にむけられた目に、すがるような色がある。

「倉田が、怪我をしたそうだな」

新十郎は、刀を鞘ごと抜きながら訊いた。

新十郎には、きくに言葉をかけてやる余裕がなかった。いっときも早く、倉田の怪我の様子を知りたかった。

「は、はい……」

「ともかく、様子をみてみよう」

新十郎は、きくにつづいて土間に入った。

居間らしい座敷に布団が敷かれ、倉田は横になっていた。納戸色の単衣《ひとえ》を着ていた。両襟の間から、分厚く巻かれた晒《さらし》が見える。すでに、傷の手当ては済んでいるようだ。

枕元に、倉田の母親のまつ、弟の房次郎《ふさじろう》がいた。ふたりともこわばった顔で、新十郎に頭を下げた。

倉田家は、母親のまつ、弟の房次郎、妹のきくの四人家族である。

「ひ、彦坂さま……」

倉田が、身を起こそうとした。顔が苦痛にゆがんでいる。

「倉田、寝てろ!」

新十郎は、すぐに倉田の枕元に腰を下ろした。

母親、弟、妹の三人は顔をこわばらせ、枕元からすこし身を引いて座している。

「どうだ、傷の具合は」

新十郎が、単衣の両襟の間から見える晒に目をやって訊いた。

晒は肩から腋《わき》にかけて分厚く巻かれていた。その晒の肩先近くに、黒ずんだ血と鮮血の色がある。まだ、出血しているようだ。

「左肩から腕にかけて、斬られました」

倉田によると、二の腕から肩にかけて突きをあび、切っ先で肉をえぐられたという。

「それほどの深手ではありません。手当ては家の者にさせましたが、血がとまらないので、安静にしています」

倉田が言うと、母親のまつが、

「明日にも、さちさまに診てもらうつもりです」

と、震えを帯びた声で言った。

「それがいい」

さちは、女の町医者だった。

日本橋高砂町に住んでいた東庵《とうあん》という町医者の娘で、父親とともに患者の治療にあたっていた。ところが、東庵は売薬屋と他の町医者がからんだ事件に巻き込まれて殺されてしまったのだ。

新十郎は倉田とともに、この事件を解決し、東庵を殺した下手人を討ち、さちに代わって敵を討ってやったのだ。その後、さちは東庵の跡を継ぎ、高砂町で町医者をつづけている。

「しばらく、彦坂さまとふたりだけにしてくれ。……彦坂さまのお耳に入れておきたいことがある」

倉田が、まつたち三人に目をやって言った。

まつたちは何も言わず、すぐに腰を上げた。倉田から、新十郎がみえたらふたりだけにしてくれ、と言われていたのだろう。

倉田は家族が出ていくと、

「彦坂さま、夜分お越しいただき、まことに申し訳ございません」

と、あらためて言った。

「気にすることはない。それより、倉田をそのような目に遭わせたのは、何者なのだ」

新十郎が訊いた。

「吉川さんたちを襲った者たちですが、三人いました」

倉田が、八丁堀で駒造たちとともに襲われ、あやうく斬り殺されそうになり、通りかかった養生所見廻りの千賀に助けられたことを話した。

「そやつら、何者だ」

「甚兵衛一味とみました」

「よほど腕のたつ者たちのようだな」

倉田ほどの遣い手が、後れをとった相手である。尋常な相手ではないだろう。

「三人のなかにひとり、遣い手の牢人がいました。そやつ、奇妙な剣を遣いました」

倉田は、牢人が遣った地摺り下段から突きへ変化させる刀法をかいつまんで話した。

「変わった剣だな」

新十郎も一刀流の遣い手なので、牢人の剣の異様さが分かったのである。

「そやつも、甚兵衛一味なのか」

新十郎が、念を押すように訊いた。

「まちがいありません。宮林さんは、一味のなかに武士がいたと話していましたが、そやつとみています」

倉田は、牢人が老齢であったこと、倉田が甚兵衛の名を口にすると動揺した様子を見せたことなどを言い添えた。

「他のふたりも、甚兵衛一味とみたのだな」

「はい、ふたりは盗人を思わせるような動きを見せました。それに、ふたりとも年配で、匕首の遣い方が巧みでした」

「うむ……」

新十郎は、いっとき黙考していたが、

「なぜ、甚兵衛一味の者が、吉川や倉田たちの命を狙うのだ。……吉川もおれたちも、探っていたのは、千住小僧だぞ」

と、首をひねりながら言った。甚兵衛一味の者が、探索にあたっている町方同心の命まで狙う理由が分からなかったのである。

「闇小町ではないでしょうか」

「闇小町か──」

新十郎は、倉田の言いたいことが分かった。吉川も新十郎たちも、千住小僧とともに闇小町を追っていたのだ。

その闇小町は、甚兵衛一味のひとりである。甚兵衛たちは、町方が闇小町を探れば、その筋から甚兵衛一味のことが知れ、芋蔓《いもづる》式に捕らえられるとみて先手を打ったのではあるまいか。それに、千住小僧も、甚兵衛一味だった可能性もある。

新十郎が自分の考えを話すと、

「それがしも、彦坂さまと同じ考えです」

倉田が言った。

「ならば、闇小町や千住小僧を探れば、甚兵衛一味も出てくるわけだな」

「いかさま」

「それではなおのこと、闇小町と千住小僧から手を引くことはできんな」

新十郎が、低い声で言った。顔がひきしまり、双眸が底びかりしている。鬼彦組を束ねている男らしい凄みがある。

「ですが、懸念があります」

倉田が言った。

「懸念とは？」

「きゃつらが、これでわれらから手を引くとは思えません。……それに、八丁堀にまで踏み込んできて襲ったのです」

「うむ……」

「彦坂さま、明日にも、探索に当たっている八丁堀の仲間たちが襲われるかもしれません」

倉田が訴えるように言った。

新十郎は、倉田が使いを出し、新十郎を組屋敷に呼んだ理由が分かった。探索にあたっている他の鬼彦組の者が襲われるのを懸念しているのだ。

倉田は、しばらく動けない。組屋敷内に籠っている間に、他の犠牲者を出したくないのであろう。

「分かった。すぐに、手を打つ」

新十郎が、倉田を見つめて言った。

6

翌朝、新十郎はいつもより早く奉行所に行き、同心詰所に立ち寄った。そして、座敷にいた根津と狭山に、鬼彦組の者を集めておくように指示した。

新十郎は与力詰所で継裃を羽織袴に着替えると、茶を飲んで一服してから同心詰所にむかった。

同心詰所には、高岡、根津、利根崎、狭山、田上の五人が顔をそろえていた。いずれの顔も、こわばっている。倉田と手先のふたりが襲われ、倉田が負傷したことを知っているのだろう。

新十郎は座敷に腰を下ろすと、

「昨日、倉田が襲われたことは知っているな」

と、切り出した。

五人の男は、無言でうなずいた。

「倉田から聞いているので、そのときの様子を話しておこう」

新十郎は、倉田と手先の駒造、浜吉の三人が、八丁堀で三人の男に襲われたことを話した。

「倉田は、左腕から肩にかけて切っ先で突かれたようだ」

新十郎が、倉田の傷は命にかかわるようなものではないが、出血がとまるまでは安静にしている必要があることを話した。

「襲った三人は、何者ですか」

根津が訊いた。

「甚兵衛一味のようだ」

新十郎は三人のなかに遣い手の牢人がいたことを話してから、甚兵衛一味が倉田や吉川たちを襲った理由も言い添えた。

「そういうわけで、闇小町や千住小僧の探索をつづければ、おれたちの命を狙ってくるとみなければなるまい」

新十郎が、男たちに目をやりながら言った。

「ですが、ここで手を引くことはできません」

高岡が、昂った声で言った。

「そ、そうだとも。こ、ここで、引いたら笑い者だ」

狭山が、声をつまらせて言った。急にしゃべろうとして声が出なかったらしく、顔が紅潮して赭黒《あかぐろ》く染まっている。

狭山は、独り言をぶつぶつ口にするのが癖だった。人前でしゃべるのは、苦手である。仲間内では「ぼやきの源さん」「つぶやき源さん」などと呼ばれている。

狭山は五十代半ばで、鬢《びん》や髷《まげ》に白い物が目立った。定廻り同心として長年事件の探索にかかわってきた古株である。根気強い男で独りで執拗に探索をつづけ、他の同心が忘れたころになって下手人を捕縛することもあった。

高岡と狭山につづいて、根津、田上、利根崎の三人も探索から手を引くつもりはないと訴えた。

「おれも、手を引くつもりはない」

新十郎が語気を強めて言った。

「だが、相手には遣い手がいる。……吉川の二の舞いになるのは、避けねばならない。そこで、しばらくの間、ひとりで探索にあたるのはひかえてくれ」

新十郎は、同心ふたりが組み、さらに手先を何人か連れて探索にあたるよう指示した。

いまのところ、甚兵衛一味のなかで腕のたつのは牢人ひとりである。牢人に一味の何人かがくわわったとしても、同心ふたりと手先たちがいれば、甚兵衛一味に襲われても太刀打ちできるだろう。

利根崎は同心詰所を出る新十郎を見送った後、

「高岡、倉田さんのところに行ってみないか」

と、声をかけた。鬼彦組のなかで、闇小町や千住小僧の探索にあたっていたのは、倉田だけではなかった。倉田が甚兵衛一味に狙われたのは、何か理由があるからだと踏んだのである。

「行きましょう」

高岡は、すぐにその気になった。高岡は、倉田の傷の具合が気になっていたようだ。

利根崎と高岡は倉田の家を訪ね、座敷に横になっていた倉田と顔を合わせると、

「どうだ、具合は？」

すぐに、利根崎が傷のことを訊いた。

「町医者のさちどのに診てもらったのですが、骨や筋には異常がないので、傷口さえふさがれば大事ないそうですよ。……ただ、肉をえぐられているので、治りは遅くなるとのことでした」

倉田が話した。

「まァ、のんびり養生するんだな。……ところで、襲われた日だが、倉田さんは何を探っていたのだ」

利根崎が訊いた。

「闇小町と千住小僧の塒《ねぐら》です。……ちかごろ、東仲町から吾妻橋の近くに越したらしい。それで、吾妻橋の近くに探しに行ったのですが、その帰りに──」

倉田は、浅草東仲町の小浜屋という小料理屋の女将、おしのが闇小町らしいこと、さらに小浜屋には、甚兵衛らしい男が出入りしていたことなどを話した。

「そのおしのが、包丁人の宗吉とともに小浜屋から姿を消してしまったのです。……それで、店の手伝いをしていた女を探して話を聞き、吾妻橋近くにふたりで住んでいることが知れたのです」

「それで、ふたりの隠れ家を探しに行ったのだな」

利根崎が念を押すように訊いた。

「そうです」

「倉田さん、甚兵衛一味は闇小町の居所をつきとめられるのを恐れて、倉田さんたちを狙ったのではないのか」

「それがしも、そうみています。……吉川さんたちも、闇小町が身をひそめていた小浜屋を探っていて殺されたようですから」

「いまも、闇小町の塒が、吾妻橋の近くにあるということだな」

利根崎が目をひからせて言った。

「利根崎さん、闇小町の塒を捜すつもりですか」

思わず、倉田が顔を利根崎にむけて訊いた。その途端、倉田の顔がゆがんだ。

肩口の傷が、痛かったらしい。

「倉田さん、体を動かすな」

利根崎は慌てて言った後、虚空に視線をとめて考え込んでいたが、

「おれと百化《ひゃくば》けの旦那で、やってみようか」

百化けの旦那とは、田上のことである。田上は聞き込みのおり、変装すること

があった。それで、仲間内では田上のことを「百化けの旦那」とか「変化《へんげ》の旦那」とか呼んでいたのである。

「八丁堀と知れないよう身を変えて捜した方がいいですよ」

倉田が言った。

「そうだな。おれも、百化けの旦那を見習って、身を変えよう」

利根崎の声に、高揚したようなひびきがあった。

第三章　目黒の甚兵衛

1

「利根崎さん、似合うではないか」

田上が、利根崎の姿を見ながら苦笑いを浮かべた。

利根崎は、牢人ふうに身装《みなり》を変えていた。八丁堀ふうの小銀杏髷《こいちょうまげ》ではなく、牢人ふうに無造作に結い、髭と月代《さかやき》もここ三日剃刀《かみそり》をあててなかった。小袖と袴も着古した物で、黒鞘の大刀だけを腰に帯びていた。どこから見ても、八丁堀の同心には見えない。

「田上さんも、武士には見えんぞ」

利根崎が言った。

田上は町人に身を変えていた。棒縞の小袖を裾高に尻《しり》っ端《ぱし》折《よ》りし、股引に草履《ぞうり》履きである。髷も髪結に指示して、町人ふうに変えている。

「おふたりとも、八丁堀の旦那には見えねえ」

稲六《とうろく》が、田上と利根崎に目をやって言った。

稲六は田上が手札を渡している岡っ引きである。そばに、利根崎の使っている岡っ引きの吉助《きちすけ》がいた。ほかに、下っ引きや小者などが、四人集まっていた。どの顔にも、笑いが浮いている。ふだんとちがう利根崎と田上の姿を見たせいであろう。

稲六をはじめ集まっている手先たちも、それぞれ、職人、大工、遊び人などの恰好をしていた。

「おい、おれは遊び人の助八《すけはち》だぞ。八丁堀の旦那と呼んだら、すぐにばれちまうじゃァねえか」

田上が、手先たちに言った。物言いまで、遊び人ふうに変えている。

すると、利根崎が、

「おれは、いまから牢人の山川助右衛門《やまかわすけえもん》だ。呼ぶなら、山川の旦那だな」

と、得意そうな顔をして言った。

「へい、助八に山川の旦那」

稲六が声を上げると、集まった手先たちが声を上げて笑った。

「そろそろ行くぞ」

利根崎が声をかけた。

男たちが集まっているのは、楓川にかかる海賊橋のたもとだった。利根崎と田上、それに手先が都合六人である。これから、闇小町と千住小僧の塒を捜しに浅草まで行くのだ。

利根崎たちは、すこし間をおいて出立した。江戸橋を渡り、奥州街道へ出て浅草にむかうのである。

浅草御蔵の前を通り過ぎ、駒形堂の近くまで来てから右手の通りに入ると、すぐに大川端沿いの道に突き当たった。利根崎たちは、川上にむかって歩いた。

大川にかかる吾妻橋が、目の前に迫っていた。橋を行き来する人々が、胡麻粒のようにちいさく見える。

材木町に入り、吾妻橋に近付いたところで、先を歩いていた利根崎と吉助が足をとめた。後続の田上たちを待ってから、聞き込みを始めるつもりだった。

利根崎は田上と相談し、二手に分かれることにした。利根崎と手先三人は、吾妻橋の北側の花川戸町をあたり、田上たちは南側の材木町で聞き込むのである。

「七ツ（午後四時）には、橋のたもとに集まることにしよう」

利根崎が、手先たちにも聞こえる声で言った。

利根崎は吉助とふたりの手先を連れて、川上にむかった。四人は、人目を引かないようにすこしずつ間をとって歩いた。

利根崎は吾妻橋のたもとを経て花川戸町へ入ると、通り沿いにあった下駄屋に立ち寄った。この辺りから、聞き込んでみようと思ったのである。

利根崎は、店先の台に黒塗りの下駄を並べていた店のあるじに、

「おれの知り合いの夫婦が、この近くに越してきたのだが、知らないかな」

と、切り出した。小浜屋も、宗吉、おしの名も口にしなかった。ふたりが、自分たちの名や店名を口にするとは思えなかったからである。

「お武家さまのご夫婦ですか」

あるじは、怪訝《けげん》な顔をして訊いた。利根崎が牢人体だったからであろう。

「いや、町人だ」

「この近くで、何か商いでも始めたんですか」

「いや、借家か長屋に住んでるはずだ」

利根崎は、ふたりが小浜屋をしめて、すぐに他の商売を始めることはない、とみたのである。

「聞いてませんねえ。……もうすこし、先に行って訊いてみたらどうです」

あるじによると、川上の方へ三町ほど行くと、川沿いに借家があるという。

「行ってみるか」

利根崎はあるじに礼を言って、店から出た。

言われたとおり三町ほど歩くと、通り沿いに並んでいた小体な店が途絶え、空き地のなかに借家ふうの家があった。両脇と裏手が、低い板塀でかこってある。

利根崎は家の前まで行ってみた。戸口の引き戸はしまっていた。物音も話し声も聞こえなかった。ひっそりと静まっている。

いっときして、利根崎は家の前から離れた。いつまでも戸口に立っていると、通りがかりの者が不審に思うだろう。

一町ほど歩くと、小体な八百屋があった。利根崎は、店先にいる親爺らしい男に目をとめて近付いた。

「店の者か」

「へい」

親爺の顔に警戒するような表情が浮いた。見ず知らずの牢人に、いきなり声をかけられたからであろう。

「この先に、借家ふうの家があるな」

利根崎が指差して言った。

「ありますが」

「あの家に、ちかごろ夫婦者が越してこなかったか」

「越してきましたよ」

親爺は、すぐに言った。

「越してきたか！　それで、町人だな」

思わず、利根崎の声が大きくなった。

「町人ですよ」

「色白の年増と、三十四、五の男ではないか」

利根崎は、倉田から聞いていたふたりのことを口にした。

「そのふたりで」

「ここに越してきたのか」

利根崎は、あの借家が、闇小町と千住小僧の塒だ！　と胸の内で叫んだ。

だが、利根崎は急に落ち着かなくなった。さきほど、家の戸口で様子をうかがったとき、留守らしかったのだ。

「ところで、いま、ふたりは家にいないようだが、出かけているのか」

すぐに、利根崎が訊いた。

「そういえば、ちかごろ姿を見かけませんねえ」

親爺は、店先に並べた葱《ねぎ》と青菜《あおな》を手にして並べ替え始めた。いつまでも、客でもない相手と話し込んでいるわけにはいかないと思ったようだ。

「手間をとらせたな」

利根崎は、八百屋の店先から離れた。

それから、利根崎は通り沿いの店に三軒立ち寄って話を聞いた。やはり、借家に越してきたのは、闇小町と千住小僧のようだったが、話を聞いた三人とも、ここ四、五日ふたりの姿を見ていないと口にした。

……ここの隠れ家からも、姿を消したのかもしれない。

利根崎は渋い顔をしてつぶやいた。

利根崎が吾妻橋のたもとにもどると、田上や手先たちの姿があった。まだ、吉助は来てなかったのでその場で待つと、いっときして吉助がもどってきた。

「歩きながら、話すか」

利根崎が、川下にむかって歩きだした。吾妻橋のたもとは人通りが多く、そこに集まっていると人目を引くのだ。

それに、陽は西の空にまわっていた。七ツ（午後四時）ごろではあるまいか。八丁堀へ帰る刻限である。

材木町の大川端沿いの道へ出たところで、

「闇小町と千住小僧の隠れ家が、見つかったよ」

利根崎が言った。

「見つかったか！」

田上が、声を大きくして言った。利根崎と田上の後ろを歩いていた稲六たちが、いっせいに利根崎に目をむけた。

「だが、留守だった。塒から、姿を消したのかもしれん」

利根崎が、肩を落として言った。

「旦那、あっしも聞きやしたぜ」

後ろから、吉助が言った。

「三日前の晩、借家に越してきたふたりが、風呂敷包みを背負って出ていくのを見たやつがいるんでさァ」

「やはりそうか」

闇小町と千住小僧は、倉田たちに塒を嗅ぎつけられたと思い、姿を消したのではあるまいか――。

「あっしが話を聞いたのは、半助《はんすけ》ってえ大工ですがね。半助は飲んで遅くなり、暗くなってから借家の前を通りかかったそうでさァ。そんとき、風呂敷包みを背負ったふたりのそばに、年寄りがひとりいたそうですぜ」

「年寄りだと」

利根崎が足をとめて、振り返った。

「へい、提灯の明かりに浮かび上がった顔が、年寄りに見えたそうで」

「そいつは、目黒の甚兵衛ではないか！」

利根崎が、声を大きくして言った。

2

倉田は戸口に出ると、ゆっくりと刀を振り上げ、下ろしてみた。それほどの痛みはなかった。まだ、肩先から腋にかけて晒を巻いていたし、刀を自在に遣うのは無理だが、探索に歩くことはできそうだ。

倉田が牢人に斬られて、十日が過ぎていた。まだ、傷は治りきっていないが、そろそろ奉行所に顔を出してみようと思ったのだ。

倉田が納刀すると、羽織を持ってそばに立っていたきくが、

「兄上、傷は痛みませんか」

と、心配そうな顔をして訊いた。

「ほとんど痛みはない。さちどのも、無理をしなければ、出歩いてもいいと言っていたのでな。そろそろ、出仕せんと、みなに忘れられる」

倉田は、きくに羽織を着せてもらいながら言った。

「旦那、あっしがお供しやす」

戸口にいた小者の利助が言った。利助の顔にも、ほっとした表情がある。

そのとき、走り寄る足音がした。見ると、通りを浜吉が走ってくる。駒造の姿はなかった。何かあったらしい。

浜吉は、倉田のそばに走り寄ると、

「だ、旦那、材木問屋がやられた！」

と、声をつまらせて言った。走りづめできたらしく、ひどく息が乱れている。

「何があった？」

「盗人が、佐賀町の黒沢屋《くろさわや》に入《へえ》ったんでさァ。それが、千住小僧らしいんで」

「なに、千住小僧だと！」

倉田は、利根崎から浅草花川戸町の隠れ家から闇小町と千住小僧が姿を消したと聞いていた。その千住小僧らしい盗人が、材木問屋に盗みに入ったという。

「へい。親分に、旦那の耳にだけは入れておけ、と言われて、飛んできやした」

浜吉が、荒い息を吐きながら言った。

「駒造は、佐賀町に行っているのだな」

「伊平も行きやした。利根崎の旦那や高岡の旦那も、行ってるはずでさァ」

「おれも行こう」

奉行所へ行くのは後である。

すぐに、倉田は浜吉と利助を連れて通りに出た。

深川佐賀町は、大川端沿いにひろがっている。八丁堀からはそれほど遠くない。大川にかかる永代橋を渡れば、すぐである。

倉田たちは永代橋を渡ると、川沿いの道を川上にむかった。いっとき歩くと、油堀にかかる橋が見えてきた。黒沢屋は、橋の先である。

「旦那、黒沢屋ですぜ」

浜吉が前方を指差して言った。

大川沿いの通りに面して、土蔵造りの大きな店が建っていた。店の脇に材木をしまう倉庫が並んでいる。店の裏手には、土蔵もあった。

店の大戸はしめてあった。その前に、人だかりができている。通りすがりの者や近所の住人が多いようだが、八丁堀同心の姿もあった。高岡らしい。

倉田たちが人垣に近付くと、高岡が倉田の姿を目にし、驚いたような顔をしたが、

「倉田さん、ここへ」

と言って、手を上げた。高岡の後ろの大戸が一枚だけあいていた。そこから、店に出入りできるらしい。

「倉田さん、出歩いていいんですか」

すぐに、高岡が訊いた。

「もう、大丈夫だ。利根崎さんも来てるそうだな」

「はい、なかに根津さんもいます」

そう言って、高岡は倉田の前をあけた。

店のなかは、薄暗かった。ひろい土間になっている。何人もの人影が動いていた。八丁堀同心と岡っ引き、それに、店の奉公人もいるようだった。

倉田は浜吉だけを連れて、店のなかに入った。目が暗さに慣れると、根津、利根崎、駒造の姿が見てとれた。駒造の後ろに、伊平の姿もある。

根津たちは、土間の先の板敷きの間に集まっていた。そこが帳場になっているらしい。根津たちは、店の番頭や手代らしい男から話を聞いているところだった。

倉田は根津に近付き、

「千住小僧ですか」

と、小声で訊いた。

根津は驚いたような顔をして、倉田に傷の具合を訊いた後、

「まだ、はっきりしないが、手口は千住小僧のものだ」

と、小声で言った。

根津によると、表の大戸があいていたという。内側からさるを外してあけたもので、そこから盗人は逃走したらしい。

盗人はまだ店があいているときに店内に侵入し、奉公人たちが寝静まるまで店内のどこかにひそんでいて、ことに及んだようだ。

さるは戸の框《かまち》に取りつけ、柱や敷居の穴に突き挿して、戸締まりをする木片である。

「内蔵の錠前があけられ、千両箱がひとつ、盗まれているそうだ」

根津が言った。

「千住小僧の手口だ」

望月屋に入った手口とそっくりである。

「甚兵衛一味の手口も同じだがな」

「それで、賊はひとりですか」

「はっきりしたことは、分からないな。いま、奉公人たちから訊いているところだが、寝込んでいて盗人を見た者はいないようだ。……ただ、ひとりとみているがな」

根津は、内蔵のなかには金の入った千両箱が三つあったという。盗人は、そのうちひとつだけしか運びだしてないそうだ。

「やはり、千住小僧のようだ」

倉田は、千住小僧にまちがいないと思った。望月屋でも、千両箱をひとつしか奪っていないのだ。

倉田は、帳場にいた番頭の豊蔵《とよぞう》や手代の栄次郎《えいじろう》から話を聞いたが、根津の話を裏付けただけだった。

倉田は店内にいた駒造や他の岡っ引きたちに、

「ともかく、近所で聞き込んでみろ。昨夜、盗人の姿を見た者がいるかもしれん」

と言って、聞き込みにあたらせた。店の奉公人から話を聞いても、新たなことは出てこないとみたのである。

その日、昼を過ぎてから黒沢屋にもどってきた駒造が、

「旦那、昨夜、盗人の姿を見かけたやつがいやすぜ」

と、目をひからせて言った。

「みつけたか」

盗人の姿を目にした者が、いたようだ。

「へい、弐助《にすけ》ってえ大工でさァ」

駒造によると、弐助は昨夜遅くまで飲んで泥酔し、永代橋のたもと近くの樹陰にへたり込んでいたそうだ。

そのとき、近くで足音がしたので弐助が顔を上げて見ると、月明りのなかに黒い人影がぼんやり見えたという。

「ふたりいたそうで」

駒造が言った。

「なに、ふたり！」

思わず、倉田が聞き返した。

「へい、それも、ひとりは女のように見えたそうですぜ」

駒造が、弐助から聞いた話をした。

ひとりの顔が月明りに浮かび上がったとき、その色白の顔が、弐助の目に女のように映ったという。しかも、体の線に女のような起伏があった。もうひとりは、千両箱のような物をかついでいたそうだ。

「女のように見えたのが、闇小町か！」

倉田の声が大きくなった。

「あっしも、闇小町とみやした」

「それで、ふたりの行き先は分かるか」

すぐに、倉田が訊いた。

「行き先は分からねえが、弐助が言うには、ふたりは大川端の道を川下にむかったそうでさァ」

「永代橋のたもとを通り、さらに川下にむかったというのだな」

川下には、道沿いに相川町、熊井町とつづいている。

……行き先は、かぎられている。

と、倉田はみた。永代橋より川下の町を当たれば、千住小僧と闇小町の行き先がつかめるかもしれない。

その後、倉田はふたりの盗人が逃げた先を奉行所内で新十郎に話し、鬼彦組の者が総出で永代橋より川下の町を探ることになった。だが、なかなか千住小僧と闇小町の隠れ家はみつからなかった。

3

風のない晴天だった。大川の川面が夏の陽射しを反射《はね》て、油でも流したようにギラギラとひかっている。その川面を、猪牙舟、茶船、屋根船などがゆっくりと行き来していた。強い陽射しのなかで船影が揺れ、いまにも燃え上がりそうに見えた。

「暑いな」

倉田が、手の甲で額の汗を拭いながら言った。

倉田、駒造、浜吉、伊平の四人は、大川端の道を川上にむかって歩いていた。朝から熊井町に来て、千住小僧と闇小町の隠れ家を捜すために道筋で聞き込みにあたったのである。だが、何の収穫もなかった。

「別の場所かな」

鬼彦組の者が相川町や熊井町に来て、闇小町たちの隠れ家を捜すようになって五日経っていた。ここまで捜しても見つからないと、別の場所かと思いたくなる。

「旦那、別の手を使いやすか」

駒造が言った。

「別の手とは？」

「盗人のことは、盗人に訊けば、分かるかもしれねえ」

「蛇の道は蛇か」

「古着屋でさァ」

以前、倉田は駒造の知っている峰吉《みねきち》という男から盗人仲間のことを聞いたことがあった。峰吉は古着屋をやっていたが、昔は盗人だったらしい。むろん、倉田も駒造も、峰吉のむかしのことには触れなかった。

「峰吉に訊いてみるか」

倉田も、峰吉なら千住小僧や甚兵衛一味のことを知っているのではないかと思った。

「へい」

「峰吉に会うなら、身を変えねばならんな」

倉田は八丁堀同心とすぐ知れる恰好をしていたので、このままの姿では峰吉も警戒して何も話さないだろう。

「また、前のように身を変えてくだせえ」

駒造が、済まなそうな顔をして言った。

「いいさ」

倉田は、川端の樹陰にまわった。

羽織を脱いで折り畳むと、小袖の両襟をひろげて腹に巻き付けた。襟を元にもどすと、すこし腹が膨れただけで、不自然さはなかった。だれも、羽織が入っているとは思わないだろう。

以前も、そうやったので、倉田の手際はよかった。

「髷も、隠さねばならんな」

倉田は懐から手ぬぐいを取り出して、頬っかむりした。八丁堀ふうの小銀杏髷をしていたのでは、すぐ町奉行所の同心と知れるのだ。

「刀は浜吉に頼むか」

倉田は腰の刀を鞘ごと抜くと、浜吉に手渡した。浜吉と伊平は古着屋には入らず、近くで待っていることになる。

「ついでに、尻っ端折りするか。こうやりゃァ、遊び人か地まわりに見えるだろう」

倉田は小袖の裾を帯に挟んで、尻っ端折りした。

「旦那、お似合いですぜ」

浜吉が、茶化すように言った。伊平は驚いたような顔をして、倉田を見ている。

「浜吉、旦那はまずいぜ。……倉吉《くらきち》と呼んでくんな」

倉田が、遊び人らしく伝法な物言いをした。倉吉は、以前も使った名だった。

「へい、倉吉さん、お似合いで――」

そう言って、浜吉が笑うと、伊平も声を上げて笑いだした。駒造もニヤニヤしながら、倉田に目をやっている。

「さて、行くか」

倉田たち四人は、樹陰から出ると、川上にむかって歩きだした。峰吉のいる古着屋は、本所横網町《よこあみちょう》にあったのだ。

倉田たちは小名木川《おなぎ》にかかる万年橋を渡り、御舟蔵の脇を通って本所へ出た。横網町は、回向院《えこういん》の先にある。

回向院の裏手を通って横網町に入ると、通りの先に御竹蔵が見えてきた。

「こっちですぜ」

駒造が右手の細い路地に入った。古着屋はその路地の先にあるはずである。

路地沿いに、魚屋、八百屋、煮染屋など食い物を商う小体な店がごてごてとつづいていた。裏路地だが、長屋の女房、子供、職人ふうの男などが絶え間なく歩いている。

「あれだ」

駒造が歩きながら指差した。

三軒先に、小体な古着屋があった。店先に、古着がぶら下がっている。客はいないようだった。

「浜吉、伊平とふたりで、そこの木の陰で待っていてくれ」

倉田は路傍の桜を指差して言った。太い木ではなかったが、こんもりと枝葉が茂り、涼しげな木陰を路傍にひろげていた。

「承知しやした」

浜吉は伊平を連れ、倉田の刀を大事そうに持って木陰に入った。

倉田と駒造は古着屋に近付いた。店内の薄暗い土間に、様々な柄の単衣や袷《あわせ》の古着がぶら下がっていた。色褪せた物、継ぎ当てのある物などが目についた。澱んだような空気のなかに、むっとするような熱気と黴《かび》の臭いが籠っている。

「峰吉はいるかな」

倉田は店の奥を覗いてみた。

古着をつるした土間の先に、狭い畳敷きの間があった。売り場と帳場を兼ねているらしい。そこに、小柄な老人が、ぽつねんと座っていた。峰吉である。

「また、とっつァんは、居眠りをしてやすぜ」

駒造が、苦笑いを浮かべて言った。以前、倉田が駒造といっしょに来たときも、峰吉は帳場で舟を漕いでいたのである。

「この暑いなかで、よく眠れるな」

倉田と駒造は、ぶら下がっている古着を掻き分けるようにして奥にむかった。

4

ふいに、峰吉が背筋を伸ばし、

「いらっしゃい」

と、声を上げた。店に入ってきた倉田たちに気付いたようだ。

「とっつァん、おれだ、駒造だよ」

駒造が声をかけた。

峰吉は、すぐ前に立った駒造を見つめてから、

「なんでえ、駒造か」

と、渋い顔をして言った。

だが、すぐに峰吉の顔が変わった。駒造の脇に立っている倉田に、警戒するような目をむけている。

「そっちは？」

峰吉が、倉田に目をむけたまま訊いた。

「あれ、とっつァん、忘れちまったのかい。この前、連れてきたじゃァねえか。おれの手先の倉吉だよ」

すぐに、駒造が言った。

駒造の言うとおり、以前来たときは駒造の手先の倉吉ということにしたのだ。

「とっつァん、倉吉だよ」

倉田が、峰吉の前に顔を突き出すようにして言った。

「そういやァ、どこかで見た顔だな」

峰吉の顔から警戒の色が消えた。駒造の手先という話を信じたらしい。

「元気そうだな」

駒造が、売り場の上がり框に腰を下ろした。顔を突き合わせたままでは、話しづらいと思ったようだ。

倉田も殊勝な顔をして、駒造の脇に膝を折った。

「それで、おれに何の用だい」

峰吉が、駒造を見ながら訊いた。その目に盗人らしいひかりが宿ったが、すぐに消え、古着屋をやっている年寄りらしい顔付きにもどった。

「また、訊きてえことがあってな」

そう言うと、駒造は懐から巾着《きんちゃく》を取り出し、波銭を何枚かつまみ出し、とっといてくんな、と言って、峰吉の膝先に置いた。

「すまねえなァ」

峰吉は口許に薄笑いを浮かべて、波銭を手にした。

「とっつァん、佐賀町の材木問屋に、盗人が入ったのを知ってるな」

駒造が声を低くして訊いた。

「黒沢屋かい」

「そうだ。……何か聞いてるかい」

「噂ぐれえはな。……古着屋をやってると、いろいろ耳に入《へえ》るのさ」

峰吉は、古着屋に顔を出すむかしの仲間や地まわりなどから噂話を耳にしているのだ。

「千住小僧のことは、聞いてるな」

「ああ……」

「黒沢屋に入ったのは、ひとりでな、千住小僧らしいんだ」

「そうかい」

峰吉は、表情を動かさなかった。

「手口がな、千住小僧と同じなのよ」

駒造が、盗人の侵入の仕方、錠前を破って千両箱をひとつだけ盗んだことなどをかいつまんで話した。

「親分、その手口は、千住小僧だけじゃァねえ。……目黒の甚兵衛が使った手口と同《おんな》じだぜ。もっとも、甚兵衛が奪うのは、千両箱ひとつじゃァねえがな」

峰吉が低い声で言った。

「おれも、知ってるぜ。だがな、甚兵衛は、もう歳だ。それに、甚兵衛ならひとりで入ったりしねえ」

「まァ、そうだ」

「黒沢屋に入ったのは、甚兵衛じゃァねえ」

「親分の言うとおり、黒沢屋に入ったのは、甚兵衛じゃァねえだろう。だがよ、千住小僧が、甚兵衛と同じ手口を使うのは、どういうわけだい」

峰吉の双眸が、底びかりしている。盗人らしい凄みのある目である。気持ちだけは、盗人だったむかしにもどっているのかもしれない。

「……」

駒造は何も言わずに、峰吉を見つめた。ここは、峰吉に話をさせるつもりなのだ。

「甚兵衛一味には、若いのもいたと聞いてるぜ。そいつは、錺職《かざりしょく》だったらしく、錠前を破るのがうまかったそうだよ。……千住小僧はむかしの手口を使って店に入《へえ》り、錠前を破って千両箱を担ぎ出したんじゃァねえのか」

峰吉が言った。

「千住小僧は、甚兵衛一味か！」

駒造が、目を剝いて言った。

脇で峰吉の話を聞いていた倉田も、

……峰吉の言う通りだ。

と、思った。千住小僧が甚兵衛一味だったとすれば、色々なことが符合する。

侵入方法、錠前を破って金を奪うこと、逃走方法、それらが同じなのだ。甚兵衛一味だったからこそ、そうした手口の真似ができたのではあるまいか——。

それに、甚兵衛たちが町方を襲ってまで、千住小僧や闇小町を守ろうとしていることもうなずける。むかし仲間だった千住小僧がつかまれば、自分たちの身も危うくなるとみたからであろう。

倉田の胸の内には、当初から闇小町だけでなく、千住小僧も甚兵衛一味だったのではないかという思いがあった。それが、峰吉の話で確信に変わったのである。ただ、腑《ふ》に落ちないこともあった。いかに仲間とはいえ、八丁堀同心を襲ってまで守ろうとするだろうか。それも、二度も八丁堀同心を襲っているのだ。

「とっつァん、闇小町を知ってるかい」

脇から、倉田が訊いた。闇小町のことも、峰吉に聞いておきたかったのである。

「噂は聞いてるよ」

峰吉が、倉田に目をむけた。

「あっしは、どうにも不思議でならねえ」

倉田が首をひねりながら言った。

「何が不思議なんでえ」

「甚兵衛一味は歳のいったやつが多いらしいが、闇小町は若い娘だと聞いている」

「そうらしいな」

「なんで、若い娘がひとりだけ一味にくわわってるんだい」

倉田は、前から腑に落ちなかったのだ。

「そのことかい。……おれは噂を聞いただけだがな、闇小町は甚兵衛の娘らしいぜ」

「なに、甚兵衛の娘だと！」

思わず、倉田が声を上げた。

……甚兵衛の娘だったのか！

倉田は驚いたが、すぐに納得した。

闇小町が甚兵衛の娘なら、盗人一味に若い娘がくわわっていたこともうなずける。それに、甚兵衛一味が、闇小町や千住小僧を助けようとしていることも納得できる。甚兵衛一味は自分たちの身を守ることにくわえ、親分の娘の命を守りたい気持ちがあるにちがいない。

「甚兵衛はな、ただの盗人じゃァねえようだぜ」

峰吉が、急にしんみりした口調になった。

「どういうことだい」

倉田が訊いた。

「甚兵衛を知る者から話を聞いたんだがな。甚兵衛は、親分風を吹かせて威張ったりはしねえそうだ。盗みに入った金はみんなで同じように山分けしたし、子分が町方に目をつけられたりすると、仲間みんなで守ったらしい。……それで、子分たちは、親分のためなら死んでもいいと思っていたようだ」

「そうか」

倉田は、なぜ甚兵衛一味が八丁堀同心を襲ってまで、闇小町や千住小僧を守ろうとしているのか分かった。甚兵衛を頭として、強い仲間意識で結び付いているのだ。甚兵衛一家と言っていいのかもしれない。

三人が口をつぐみ、店のなかが沈黙につつまれたとき、

「ところで、峰吉、甚兵衛一味だが、どこに身をひそめているか知らねえか」

駒造が訊いた。

「知らねえ」

すぐに、峰吉が答えた。甚兵衛一味のような盗人を売りたくないという気持ち

になったのかもしれない。

「とっつァん、甚兵衛一味にも毛色の変わったのが、いるんじゃァねえのかい」

「どういうことだ」

峰吉が、駒造に目をむけて訊いた。

「千住小僧は、むかしの手口を使ってひとりで盗みに入ってるんだぜ。盗んだ金を、むかしの仲間と山分けしてるとも思えねえ。……これじゃァ、むかしの仲間を売ってるのと同じじゃァねえか」

「……！」

峰吉の顔にハッとしたような表情が浮いた。

「甚兵衛一味には、千住小僧の他にも仲間を売るようなやつが、いるんじゃァねえのかい」

「いるよ」

峰吉が渋い顔をした。

「そいつの居所が、分かるかい」

「知ってるが、そいつは、ずいぶん前《めえ》に甚兵衛たちとは手を切ってるはずだぜ」

「なんてえ名だい」

「永六《えいろく》だ」

「そいつの塒は？」

すぐに、駒造が訊いた。

「深川の入船町《いりふねちょう》だ。……情婦《いろ》といっしょに、飲み屋をやってると聞いたが、いまは、どうかな。四、五年前の話だからな」

「入船町のどのあたりだい？」

「汐見橋《しおみばし》の近くだと聞いたな」

「そうかい」

駒造は腰を上げ、峰吉、邪魔したな、と言い置き、倉田とふたりで店から出た。

倉田は古着屋の店先から離れてから、

「駒造、永六にあたるのは、すこし待て」

と指示した。

「旦那、都合の悪いことでもありやすか」

「迂闊《うかつ》に探ると、永六は甚兵衛一味に消されるぞ」

倉田は、永六にあたるのは、甚兵衛一味に知れないように動く必要があると思った。

5

庭先で、木鋏を使う音がした。

新十郎の父親の富右衛門が、庭のつつじを剪定《せんてい》しているらしい。朝餉の後、富右衛門は、つつじが伸び過ぎたと口にしていたのだ。

富右衛門は隠居した後、やることがなく盆栽や庭木の手入れなどを道楽のひとつにしていた。

新十郎は奉行所から帰宅し、着替えをすませて座敷でくつろいでいた。

庭に面した障子に、西日が映じて仄《ほの》かな蜜柑色に染まっていた。七ツ半（午後五時）ごろであろうか。

そのとき、廊下をせわしそうに歩く音がし、障子があいて、ふねが顔を出した。

「新十郎、倉田どのが見えてますよ」

そう言って、ふねは座敷に入ってきた。

「何かあったかな」

倉田がわざわざ家に来たのは、奉行所内では話せないことがあるからだろう。

「倉田どのの怪我は、もういいのですか」

ふねが訊いた。

「治ったようですよ。奉行所にも出仕してますから――」

「それは、ようございました」

ふねが、顔をやわらげて言った。

「母上、すぐに倉田をここに通してください」

新十郎が急かすように言った。いつの間にか母親とのやり取りに引き込まれ、倉田が玄関先で待っているのを忘れていた。

「お通ししましょうね」

ふねはそう言い残し、座敷から出ていった。

新十郎が座敷で待つと、ふねは倉田を連れてきて、

「倉田どの、こんど、妹さんも連れてきてくださいね」

と、新十郎の前で言った。

ふねは、倉田の妹のきくを新十郎の嫁に迎えてもいいと思っていて、倉田の顔を見るときくのことを口にするのだ。なかなか嫁を迎える気にならない新十郎への当て擦りでもある。

「わ、分かりました」

倉田が戸惑うような顔をして言った。

「母上、大事な話のようです。しばらく、ふたりだけにしてください」

新十郎が言った。

「はい、はい、分かりましたよ」

ふねは、そそくさと座敷から出ていった。

新十郎は倉田が座敷に膝を折ると、

「何かあったのか」

と、すぐに訊いた。

「甚兵衛一味のひとりが知れました」

倉田は、峰吉から話を聞いた翌日、駒造を連れて入船町に出かけ、汐見橋の近くに縄暖簾を出した飲み屋があり、その店の親爺が、永六らしいことを確かめたのだ。店の名は亀屋《かめや》である。

「知れたか！」

新十郎の声が大きくなった。

「はい、永六という男です」

「そのことで、彦坂さまのお指図を受けたいのです」

「どういうことだ」

「永六を捕ることはできます。ですが、捕れば、甚兵衛一味の知るところとなり、一味の者たちはすぐに塒を変えるはずです。……千住小僧も闇小町もそうです。下手をすると、江戸から逃走するかもしれません」

江戸から逃走されたら、甚兵衛一味も千住小僧も町方の手で捕らえるのは難しくなる。

「永六を泳がせておく手もあるが……。ところで永六だが、一味の者たちと会うことがあるのか」

新十郎が訊いた。

「ないはずです。甚兵衛たちとは、四、五年前に手を切ったようですから」

「ならば、泳がせておいても無駄だな。それに、手を切って四、五年も経っているのでは、永六も甚兵衛たちの居所は知らないのではないか」

「たしかに、永六も一味から離れた後のことは分からないかもしれません。ですが、一味は、永六を除いて六人もいます。……ひとりぐらいは、知っているはずです。それに、一味から離れる前のことでも、何か手掛かりがあるとみています」

「そうだな」

新十郎も、永六を自白させれば、甚兵衛一味を捕らえる手掛かりが得られるのではないかと思った。

「それで、まったく別の件で、永六を捕らえたらどうかと思ったのです」

倉田が、新十郎を見つめて言った。

「別の件だと」

「はい、博奕《ばくち》でもいいし、喧嘩でもいい。甚兵衛や千住小僧とは、まったくかかわりのないことで捕らえたことにすれば、甚兵衛たちもすぐには動かず、しばらく様子をみるはずです」

「いい手だが、よほどうまくやらねば、甚兵衛たちは永六が別の件で捕らえられたとは思わんぞ」

新十郎は、むずかしいと思った。

「仰《おお》せの通りです。……それで、狭山さんと田上さんの手を借り、ひそかに三人だけでやりたいのです」

「うむ……」

狭山と田上は、臨時廻り同心だった。相手を欺いて別件で捕らえるなら、経験が豊富で動きやすい臨時廻りの方が適任であろう。

どうやら、倉田はその許しを得るために、奉行所ではなく新十郎の屋敷に話しにきたらしい。

「よかろう、やってみろ」

新十郎は承知した。

6

「博奕で、永六を挙げたことにしよう」

田上が目をひからせて言った。

北町奉行所内の同心詰所だった。座敷にいるのは、田上、倉田、狭山の三人である。田上と狭山には、新十郎から話があり、ここに集まったのだ。他の同心たちは、市中見廻りなどそれぞれの任務で詰所を出ていた。

「永六を博奕で挙げたことを、甚兵衛たちにどう知らせるかだが……」

狭山がつぶやくような声で言った。

「それで、永六のやっている飲み屋は、入船町にあるのだな」

田上が念を押すように訊いた。

「そうです」

「よし、入船町界隈《かいわい》に手先たちをもぐりこませ、賭場のことを探らせよう。地まわりや遊び人たちに話を聞けば、そいつらの口から賭場を探っていることが甚兵衛たちの耳にもとどくはずだ」

田上が言った。

「そ、それで、永六といっしょに、博奕に手を染めているやつを何人か捕らえればいいな。甚兵衛一味も、永六は博奕の科《とが》で挙げられたとみるはずだ」

狭山が、声をつまらせて言った。

……いい手だ。

と、倉田は思った。

倉田たち三人は、それぞれが使っている岡っ引きと下っ引きたちを入船町から富ケ岡八幡宮界隈に足を運ばせて、賭場のことを探らせることにした。

それから、五日後、倉田、田上、狭山の三人は、捕方をしたがえて深川へむかった。捕方たちは小者と中間《ちゅうげん》にくわえ、三人の使っている岡っ引きと下っ引きたちだった。倉田は十人ほどの捕方を連れ、田上と狭山は六人だった。

倉田が永六を捕らえ、田上と狭山は目星をつけてある政吉《まさきち》と寅七《とらしち》という遊び人を捕縛することになっていた。倉田の捕方が多いのは永六を捕らえることが目的で、他のふたりは逃がしてもかまわないからだ。

倉田がしたがえている捕方のなかに、駒造、浜吉、伊平の姿はなかった。三人は朝のうちに入船町に出かけ、亀屋を見張っているのだ。

倉田は富ヶ岡八幡宮の門前通りにある一ノ鳥居をくぐったところで、田上たちと分かれた。

倉田たちは、参詣客や遊山客で賑わっている門前通りを東にむかい、掘割にかかる汐見橋のたもとまで来て足をとめた。亀屋は橋を渡り、一町ほど行った先の左手にある。

「永六はいるかな」

倉田は頭上に目をやって言った。

陽は西の空にかたむいていた。七ツ(午後四時)ごろかもしれない。

「あっしが見てきやしょうか」

小者の利助が訊いた。

「そうしてくれ」

倉田は、利助に亀屋のある場所を話した。通り沿いにあるので分かるはずだが、店の近くまで行けば、駒造たちがいるだろう。

倉田たちは掘割近くの樹陰に集まり、利助がもどるのを待った。しばらく経つと、利助が浜吉を連れてもどってきた。

「利助、永六は店にいるな」

すぐに、倉田が訊いた。店にいなければ、浜吉か駒造が八丁堀まで知らせに来ることになっていたが、念のために確かめたのである。

「いやす」

「店はひらいているのか」

「半刻（一時間）ほど前にひらきやした」

利助によると、船頭らしい客がふたり店に入ったという。

「お滝《たき》は？」

倉田は入船町に来て亀屋のことを聞き込んだとき、永六の情婦の名はお滝で、ふだん店を手伝っていると耳にしたのだ。

「いるようで」

「それで、駒造と伊平は?」

「親分たちは、店を見張っていやす」

「よし、おれたちも行こう」

倉田たちは樹陰から出ると、汐見橋を渡った。

すこし歩くと、右手の家並の先に江戸湊の海原が見えた。その辺りは、洲崎《すさき》と呼ばれている。砂浜がつづき、江戸の人々には潮干狩りの地として知られていた。

潮風のなかに、木の香りが混じっていた。通りの先には木場がひろがり、貯木場や木挽場などが多かった。

「見えてきやした」

先に立った浜吉が、捕方たちにも聞こえる声で言った。

亀屋は小体な店で、下駄屋とそば屋の間にあった。店先に縄暖簾が出ている。

倉田たちが亀屋に近付くと、下駄屋の脇から駒造と伊平が小走りに近付いてきた。亀屋を見張っていたのだ。

「駒造、いよいよ永六を捕るぞ」

倉田が言った。

「駒造は念のために、裏手にまわってくれ。客やお滝は逃がしてもいい」

倉田は、下駄屋の脇の細い路地が亀屋の裏手にもつづいていることを知っていた。

「へい」

「浜吉、伊平、駒造と裏手にまわってくれ」

「承知しやした」

倉田の指示で、駒造たち三人は下駄屋の脇にむかった。

「行くぞ」

倉田は残った捕方たちをしたがえ、亀屋の戸口に足をむけた。

店の戸はあいたままになっていた。暑いので、風を入れているらしい。店のなかから男の濁声《だみごえ》が聞こえ、食い物の匂いがただよってきた。土間に置かれた飯台を前にし、ふたりの客が空樽を腰掛けにして酒を飲んでいる。

倉田が三人の捕方を連れて踏み込んだ。残りは、戸口をかためている。

銚子を手にした男が、倉田たちの姿を見て、

「いらっしゃい」

と、声をかけた。客と思ったらしい。

四十がらみと思われる赤ら顔の男だった。眉が濃く、ギョロリとした大きな目をしていた。

一瞬、男は棒立ちになり、顔の表情が凍りついたようにかたまった。男は、倉田の身装《みなり》から八丁堀同心と知り、そばにいた手先たちが十手を手にしているのを見たのだ。

男の手にした銚子が足下に落ち、ガシャリと大きな音をたてて砕け、酒が土間に飛び散った。ふたりの客は目尻が裂けるほど目を瞠《みひら》いて、倉田たちを見つめている。

「永六だな」

倉田は、刀の柄に右手を添えた。永六が抵抗するようだったら、峰打ちで仕留めようとしたのだ。

「へ、へい……」

永六の顔から血の気が引き、体が顫えだした。

「おまえは、賭場に出入りしているそうだな」

倉田は、他のふたりの客にも聞こえるように言った。

「と、賭場……」

永六の顔が奇妙にゆがみ、拍子抜けしたような表情が浮いた。

「博奕の科だ。おれと、いっしょに来てもらうぞ」

「だ、旦那ァ、あっしは博奕などしたこたァねえ」

永六が、声をつまらせて叫んだ。

「申しひらきがあれば、吟味のときに言うがいい」

倉田が、脇にいる三人の捕方に、捕れ！ と声をかけた。

三人は十手を手にし、

「永六、神妙にしろ！」

「お縄を受けろ！」

などと声を上げ、永六に迫った。

永六は抵抗しなかった。その場に棒立ちになったまま、三人の捕方のなすがままになっている。

そのとき、店の脇から大年増が飛び出してきた。顔がこわばり、目尻がつり上がっている。

「おまえさん！ どうしたんだい」

女は縄を受けている永六を見て、ひき攣《つ》ったような声を上げた。

「お滝、おめえもいっしょに来るかい」

倉田が言った。

「い、いやだよ、わたしは……」

お滝が声を震わせて言った。

「永六は、賭場に出入りした科だ。連れていくぜ」

倉田は、三人の捕方に、ひったてろ！と声をかけた。

永六はおとなしく店の外に出た。博奕の科なら、捕りちがいと分かり、すぐに放免されると思ったのかもしれない。

第四章　吟味

1

倉田たちは、捕らえた永六を南茅場町の大番屋に連れていった。大番屋は吟味の場に使われ、調べ番屋とも呼ばれている。捕らえた者を入れておく仮牢もあった。

その夜、遅くなったので、新十郎の吟味を受けるのは明日からとなり、永六は仮牢に入れられた。

翌日の四ツ（午前十時）過ぎ、新十郎と倉田が、大番屋に姿を見せた。新十郎は吟味方の与力だったので、永六の吟味にあたっても不審に思う者はいないだろう。

永六は大番屋の吟味の場に引き出されると、

「あっしは、何もしてねえ！　捕りちがいだ！　あっしを帰《けえ》してくれ」

牢番にむかって、喚き立てた。

ふたりの牢番は、後ろ手に縛られた永六を土間に敷かれた筵《むしろ》の上に強引に座らせた。

そのとき、新十郎と倉田があらわれ、吟味の場の一段高い座敷に膝を折った。

新十郎が正面に座し、倉田は脇にひかえている。

「永六か」

新十郎が声をかけた。

「へ、へい……。お役人さま、あっしは何もしておりません。これは、捕りちがいでございます。あっしを、帰《けえ》してくだせえ」

永六が必死になって言い立てた。

「永六、おまえは何の科で、縄を受けたのだ」

新十郎が訊いた。

「博奕の科でごぜえやす。あっしは、博奕など打ったことはねえんで」

「賭場に行ったこともないのか」

「へい」

「ならば、博奕のことは訊くまい」

「……！」

永六が息を呑んだ。目を瞠《みひら》いて、新十郎を見つめている。

「おれはおまえが何をしたか、承知の上でここに座っているのだ」

新十郎が、永六を見すえて言った。

永六の顔から血の気が引き、体が顫えだした。

「永六、目黒の甚兵衛を知っているな」

新十郎の声に、強いひびきがくわわった。

「し、知りやせん……」

永六の声は震えていた。

「知らないことはあるまい。おまえは亀屋を始める前は、甚兵衛の子分だったはずだぞ」

「お、お役人さま、あっしは盗人なんかじゃァねえ」

永六が必死になって言った。

「おまえは、目黒の甚兵衛を知らないと言ったな。そのおまえが、どうして甚兵衛が盗人だと知っているのだ」

「そ、それは、噂を聞いたことがあるからです」

「ならば、噂を聞かせてもらおうか」

「……！」

「甚兵衛の子分は、何人だ」

新十郎が世間話でもするような口調で訊いた。

「し、知りやせん」

「噂は聞いているだろう。……入船町辺りで飲み屋をやっていると、いろんな男が出入りするはずだ。当然、目黒の甚兵衛の噂も耳に入るだろう。それとも、噂も話せないというのか」

「……！」

「もう一度聞くぞ。甚兵衛の子分は何人だ」

「六人と聞いたような気がしやす」

永六が首をすくめながら言った。

「六人か。……ところで、一味に闇小町と呼ばれている女がいるな。甚兵衛の娘と聞いているが、そうか」

「へえ……」

永六が驚いたような顔をして新十郎を見た。そんなことまで、知っているとは思わなかったのだろう。

「名は聞いてないか」

「お、お京《きょう》、という名かもしれねえ」

永六が声を震わせながら言った。

「お京か」

新十郎は、お京が闇小町と呼ばれている女の名だろうと思った。

「千住小僧も、甚兵衛の子分だな」

新十郎は、これまでつかんでいる甚兵衛一味のことを持ち出して、永六にしゃべらせようとしたのだ。

「……！」

永六の顔が、ひき攣ったようにゆがんだ。体の顫えが激しくなっている。町方は甚兵衛一味のことをくわしく知っているので、自分のことも隠せなくなる、と永六は思ったのだろう。

「千住小僧も、なかなかの者だ。いまでは親分の甚兵衛をさしおいて、ひとりで大金を稼いでいるのだからな。……もっとも、お京もいっしょか」

「へえ」

永六の顔に憎悪の色が浮いたが、すぐに消えた。千住小僧のことをよく思っていないらしい。

「おれは、千住小僧とお京は夫婦と聞いたのだが、おまえは知らないのか」

新十郎は、ふたりが夫婦と聞いたことはなかったが、そう言ったのである。甚兵衛一味だった若い男と女が、情を通じ合う仲になっても不思議はない。それに、いまは夫婦のようにいっしょに暮らしているのだ。

「あっしも、ふたりは夫婦だと聞いたことがありやす」

永六が小声で言った。

「お京も、盗みにくわわっているのではないか」

新十郎は、望月屋に千住小僧が入った夜、伊勢町の入堀近くにいた夜鷹そばが、盗人らしい者がふたりいたと話したことを倉田から聞いていた。

「そんな噂もありやす。……店によっては、お京が女中か下働きの女かに化けて店があいているときに入り込み、奉公人たちが寝静まってから、表戸をあけるそうで」

永六が、噂話をするような口振りでしゃべった。

「そういうことか。いまは、夫婦で盗みを働いているわけだな」

新十郎は、お京の役割が分かった。甚兵衛一味として盗みに入っていたときも、女にしか出来ない役割をになっていたのだろう。

「そうかもしれねえ」

「ところで、甚兵衛には他にも子分はいるが、名を聞いたことがあるか」

「し、知りやせん」

「おまえの店に来る客から、耳にしたことがあるだろう。それとも、おまえは甚兵衛に味方して、噂話も口にしないつもりか」

「そ、そんなことはねえ」

「ひとりぐらい名を聞いているだろう」

「……」

「おまえは、客から聞いたことを話すだけだ。しゃべったところで、咎められることはあるまい」

新十郎が穏やかな声で言った。

「と、藤次《とうじ》という男が、甚兵衛の子分だと聞いたことがありやす」

永六が声をつまらせて言った。

「藤次な。……そやつの塒はどこだ」

「冬木町《ふゆきちよう》だと聞いたことがありやすが」

「借家か、長屋か」

「権兵衛《ごんべえ》店《だな》でさァ」

すぐに、永六が答えた。新十郎の誘導に乗せられてだいぶしゃべったので、隠す気が薄れてきたようだ。

「そうか」

これだけ分かれば、藤次の塒はつきとめられるだろう。

「ところで、甚兵衛の塒は？」

新十郎が永六を見すえて訊いた。

「し、知りやせん。それに、甚兵衛はむかしと同じところにはいねえはずでさァ」

「うむ……」

永六は、いま甚兵衛がどこに身をひそめているか知らないようだ。

「江戸には、いるのだな」

新十郎が念を押すように訊いた。

「いるはずでさァ。……甚兵衛は歳のせいもあって、体が弱ってるってえ噂でしてね。……江戸を出るのは、無理でさァ」

「それほど弱っているのか」

「歩くのがやっとだと、聞いたことがありやす」

「うむ……」

とすれば、吉川や倉田たちを襲った者のなかに、甚兵衛はいなかったことになる。

新十郎が口をつぐんだとき、脇に控えていた倉田が、

「彦坂さま、それがしから訊いてもよろしいでしょうか」

と、小声で言った。

「訊いてみるがいい」

「永六、甚兵衛一味には牢人がいるな」

倉田が永六の方に体をむけて訊いた。

「おりやす」

「名は聞いているか」

「佐川平三郎《さがわへいざぶろう》さまで」

「佐川は、甚兵衛が店に押し入っているころからの仲間だな」

「そう聞いていやす」

「牢人とはいえ、武士だ。それに腕もたつ。よく、甚兵衛の言いなりに動いているな」

倉田は、佐川が吉川や自分を襲ったのは甚兵衛の指示によるとみたらしい。

「佐川の旦那は、甚兵衛に恩があると聞いたことがありやす」

「恩がな。……どんな、恩だ」

「そこまでは聞いてねえ」

「ところで、佐川と甚兵衛はどこでつながったのだ」

倉田は、佐川がなぜ甚兵衛の仲間にくわわったのか知りたいようだ。

「甚兵衛も佐川の旦那も、酒好きだと聞いていやす。ふたりの行き付けの飲み屋で、顔を合わせるうちに話すようになったそうでさァ」

「佐川は、もともと牢人だったのか」

「御家人だったと聞いたような気がしやすが……。くわしいことは、分からねえ」

「それで、佐川の塒は？」

倉田が声をあらためて訊いた。

「知らねえ。……甚兵衛といっしょかもしれねえ」

「そうか」

倉田の訊問はそれで終わった。

新十郎が、永六にまだ名の知れていないもうひとりの子分の名を訊くと、猪之《いの》吉《きち》とのことだった。

さらに、新十郎が猪之吉と千住小僧、お京の塒などを訊いたが、永六は知らなかった。

新十郎の訊問が一通り終わったとき、

「お役人さま、あっしが耳にしたことはみんな話しやした。これで、あっしを帰《けえ》してくだせえ」

永六が哀願するように言った。

「帰せだと。永六、今日はおめえから噂話を聞いただけだぞ。おまえが盗人だったころの吟味は、これからだよ」

新十郎が永六を見すえて言った。

「……！」

永六の顔から血の気が引いた。

2

新十郎は永六を仮牢にもどすと、

「だいぶ、甚兵衛一味のことが知れてきたな」

と、脇に座している倉田に言った。

「はい、七人の名が知れました」

親分の甚兵衛、牢人の佐川平三郎、娘の闇小町、千住小僧、猪之吉、藤次、それに一味から抜けた永六である。

「だが、塒が知れそうなのは、藤次ひとりだ」

新十郎が言った。

「藤次を捕らえますか」

「その手もあるな。永六の話では、甚兵衛は体が弱って江戸から逃走するのは無理なようだ。とすれば、藤次を捕らえても、甚兵衛たちが江戸から逃げ出すことはないわけだ」

「ですが、隠れ家を変える恐れはあります」

倉田が、千住小僧と闇小町が、二度も隠れ家から姿を消したことを話した。

「そうだな。……しばらく、藤次をおよがせてみるか」

「はい」

「倉田、高岡とふたりで、しばらく藤次を尾けてみてくれ」

「承知しました」

倉田はすぐに動いた。

藤次を尾ける前に藤次の住む権兵衛店を探し、はたして藤次がいるかどうか確かめねばならなかった。それに、藤次が本名を名乗って長屋に身を隠しているとは思えなかった。

ただ、倉田や駒造は藤次と猪之吉を見ていたので、本人を見れば甚兵衛一味かどうか分かるはずである。佐川が倉田たちを八丁堀で襲ったとき、ふたりの町人がいっしょだった。ふたりの年恰好からみて千住小僧ではないので、残るは藤次と猪之吉ということになるのだ。

倉田は以前峰吉と会ったときのように町人に身を変えて、駒造、浜吉、伊平の三人を連れて深川冬木町にむかった。

深川冬木町は、仙台堀沿いにひろがっている。倉田たちは永代橋を渡って深川へ出ると、大川沿いの道を川上にむかい、仙台堀沿いの道に入った。仙台堀にかかる海辺橋のたもとを過ぎていっとき歩くと、堀の右手に町家のつづく地に出た。その辺りが、冬木町である。

「まず、権兵衛店だな」

倉田が路傍に足をとめて言った。

「話の聞けそうなやつをつかまえて、訊いてみやすか」

駒造が言った。

「そうだな」

倉田たちは、通りの左右に目をやりながら歩いた。

「親分、あの八百屋の親爺はどうです」

浜吉が前方を指差して言った。

通り沿いに並ぶ店の三軒先に、小体《こてい》な八百屋があった。店先で、親爺らしい男が大根を手にしたまま長屋の女房らしい女と話している。

「あっしが訊いてきやす」

浜吉がそう言い残し、小走りに八百屋にむかった。

倉田たちが路傍に立って待つと、浜吉はすぐにもどってきた。

「旦那、分かりやした。権兵衛店は、この先だそうでさァ」

二町ほど堀沿いの道を歩くと下駄屋があり、その下駄屋の脇に権兵衛店の路地木戸があるという。

「行ってみよう」

倉田たちは歩きだした。

浜吉が話したとおり、下駄屋の脇に長屋につづく路地木戸があった。

倉田は念のため、下駄屋の店先にいた長屋の女房らしい女に、権兵衛店に藤次という名の男がいるか訊いてみた。

「藤次という名の男はいないねえ」

女は首をかしげながらそう言うと、店先から離れた。

「さて、どうするか」

長屋に踏み込んで聞いてまわるわけにはいかなかった。倉田たちが藤次を確かめる前に、藤次の方が先に探られていることに気付くだろう。下手をすると、倉田たちが藤次の顔を拝む前に、長屋から姿を消してしまうかもしれない。

「旦那、あっしと浜吉とで、長屋を覗いてみやすよ」

駒造が声を低くして言った。

「藤次に気付かれないか」

八丁堀で襲ったとき、藤次も駒造と浜吉を見ているのである。

「手ぬぐいで頰っかむりして、長屋の者の目につかねえように探りやす」

駒造が目をひからせて言った。腕利きの岡っ引きらしい目である。

「駒造にまかせよう」

倉田と伊平は、近くにある稲荷の境内で待つことにした。来る途中、ちいさな稲荷があるのを目にしていたのである。

駒造と浜吉は手ぬぐいで頰っかむりすると、

「ちょいと、覗いてきやす」

駒造がそう言い残し、浜吉を連れて路地木戸に足をむけた。

倉田と伊平は路地木戸から一町ほど離れたところにあった稲荷の境内で、駒造たちがもどってくるのを待った。

陽は西の空にまわっていたが、まだ陽射しは強かった。稲荷の祠《ほこら》をかこった樫《かし》や欅《けやき》の葉叢《はむら》から射し込んだ陽が、乾いた地面に落ちてチラチラと揺れている。

倉田は祠の前の短い石段に腰を下ろして駒造たちを待っていた。それから一刻（二時間）ほど過ぎただろうか。木洩れ陽はぼんやりとした茜色になり、葉を茂らせた樹陰には淡い夕闇が忍び寄っていた。

走ってくる足音がした。通りに目をやると、浜吉の姿が見えた。浜吉は稲荷の赤い鳥居をくぐって、境内に走り込んできた。

「だ、旦那、やつだ！」

浜吉が息をはずませながら言った。

「藤次か」

「へい、こっちに来るかも知れやせん」

浜吉が口早に話したことによると、浜吉と駒造は長屋のなかを一回りした後、路地木戸の近くの棟の芥溜《ごみため》の陰に身を隠して、様子を見ていた。

「やつが、出てきたんでさァ！」

浜吉と駒造は藤次をやり過ごし、後を尾けたという。

藤次が路地木戸を出て八百屋の前を通り過ぎたとき、前から歩いてきた年寄りに声をかけられて立ち話を始めたという。

「親分に、先まわりして旦那に知らせろと言われやしてね。藤次に気付かれねえように、堀際をまわって駆け付けたんでさァ」

浜吉が早口に話した。

「こっちに来るのか」

「へい」

「見てみるか」

倉田は稲荷の赤い鳥居の脇まで来て通りの先に目をやった。

……来る！

町人がひとり、こちらに歩いてくる。

男は腰切半纏に股引姿だった。小柄である。すこし前屈みの恰好で歩いてくる。

「やつだな」

倉田は、小柄な姿に見覚えがあった。八丁堀で佐川とともに倉田たちを襲ったふたりの町人のうちのひとりである。藤次に間違いないようだ。

藤次は足早に歩いてくる。手ぬぐいで頬っかむりしてないので、はっきりと顔が見えた。肌の浅黒い、丸顔の男である。五十がらみであろうか。

藤次は鳥居の前を通り過ぎていく。

倉田たちは、樹陰から通り過ぎる藤次の背を見つめていた。

「親分だ！」

浜吉が言った。

通りに目をやると、駒造が岸際に繁茂した葦や樹陰などをたどりながら藤次の跡を尾けてくる。

倉田たちは、駒造が近付くと鳥居をくぐって通りに出た。そして、駒造とともに藤次の跡を尾け始めた。

藤次は、稲荷から三町ほど行った先にあった一膳めし屋に入った。

「やつは、めしを食いにきたのかもしれねえ」

駒造が路傍に足をとめて言った。

「そうだな」

夕めしであろう。陽は家並のむこうに沈み、家の軒下や樹陰などは淡い夕闇に染まっていた。

「今日のところは、これまでだな」

倉田が言った。藤次は一杯やり、夕めしを食って長屋に帰るだけだろう。

倉田たち四人は、仙台堀沿いの道を大川の方へむかって歩きだした。

倉田は高岡と相談し、手先たちを使ってしばらく権兵衛店を見張り、藤次を尾けてみることにした。

張り込みと尾行にあたるのは、駒造と浜吉、それに高岡が手札を渡している岡っ引きの七助《しちすけ》、下っ引きの島吉《しまきち》の四人である。四人がふたりずつ交替で、張り込みと尾行をつづけるのだ。

倉田は、伊平を張り込みからはずした。四人で十分だったので、伊平は巡視の供をさせることにした。

3

藤次は、なかなか尻尾をつかませなかった。長屋から出ることはあったが、近所の一膳めし屋やそば屋などに飲食のために行くだけである。そうした店で仲間と会っている様子もないし、長屋に訪ねてくる者もいないようだった。

駒造たちが藤次を見張るようになって、五日目だった。倉田が出仕するつもりで戸口に出ると、利助が近寄ってきて、

「旦那、妙なやつがお屋敷を覗いてやしたぜ」

と、小声で言った。

「どんなやつだ？」

「深編み笠をかぶったお侍でさァ」

「どこにいた？」

「斜向かいの柘植《つげ》さまのお屋敷の角で」

倉田の住む組屋敷の斜向かいに、柘植作五郎《さくごろう》という高積《たかづみ》見廻りの同心がいた。

倉田と同じ、北町奉行所に勤めている。

高積見廻りは市中の町筋や河岸《かし》等を巡回して、商品や備品などが制限より高く積んであれば危険防止のために取り締まる。

「見てみよう」

倉田は利助とともに通りに出た。

「いないではないか」

柘植の住む組屋敷は板塀でかこわれていたが、その板塀のそばに人影はなかった。

「旦那、あそこ！」

利助が通りを指差した。

通りの先に、深編み笠をかぶった武士の後ろ姿が見えた。半町ほど先である。武士は足早に去っていく。

……佐川かもしれぬ！

武士は小袖に袴姿だった。遠方ではっきりしないが、武士の後ろ姿が何となく佐川に似ているような気がした。

倉田は武士の姿が遠ざかるのを見つめていたが、

「利助、行くぞ」

と声をかけ、通りへ出た。このまま、奉行所へ行くつもりだった。

奉行所の表門をくぐり、同心詰所に入ると、すぐに高岡と根津が近付いてきた。ふたりの顔がこわばっている。

「何かありましたか」

倉田が訊いた。

「思いちがいかもしれんが、倉田はどうかと思ってな」

根津が声をひそめて話した。

「一昨日のことだが、市中の見廻りから八丁堀に帰る途中、江戸橋あたりからしばらく跡を尾けられたような気がするのだ」

「何者か分かりますか」

「それが、分からないのだ。武士であることはまちがいないが、深編み笠をかぶっていたのでな」

「深編み笠！」

倉田が思わず、声を上げた。今朝、屋敷を見張っていたらしい深編み笠の武士とつなげたのである。

「どうした、倉田？」

根津が訊いた。

「いや、わたしも今朝、深編み笠の武士を目にしたのです」

倉田が、今朝の出来事をかいつまんで話した。

すると、高岡がふたりの話に割って入るように、

「わたしも、昨日、深編み笠の武士に尾けられました」

と、うわずった声で言った。

高岡によると、昨日、出仕するために組屋敷を出て奉行所に向かう途中、深編み笠の武士に跡を尾けられたという。武士は賑やかな日本橋の表通りに入るまで、高岡の跡を尾けてきたそうだ。

「深編み笠の武士は、佐川ではないですか」

高岡がこわばった顔で言った。

「そうかもしれん」

倉田も、佐川だろうとみた。

「佐川は、おれたちの命を狙っているのではないか」

根津が言った。

「……」

そう考えて、当然である。ただ、身を隠して襲撃の機会を狙っているにしては、目立ち過ぎるような気がした。高岡と根津に尾行する姿を見られているし、倉田も屋敷を見張っている武士の姿を目にしている。

「いずれにしろ、何か手を打たねばならない」

倉田は、このままにしておけないと思った。いつ、甚兵衛や千住小僧の探索にあたっている鬼彦組の者が襲われるか分からないのだ。

「彦坂さまに、話してみたらどうだ」

根津が言った。

「それがいい」

倉田も、新十郎の指図を仰ごうと思った。

倉田は表門のそばで新十郎が出仕するのを待ち、指図を仰ぎたい旨を伝えた。

「着替えてくるから、同心詰所で待っていてくれ」

新十郎はそう言い残し、与力詰所にむかった。

倉田たち三人が同心詰所で待つと、新十郎は継裃ではなく羽織袴姿であらわれた。

「何かあったのか」

新十郎は、倉田たち三人を前にして訊いた。

「われら三人、佐川に動きを探られている節がございます」

倉田がそう言って、三人が深編み笠の武士に尾行されたり屋敷を見張られたりしたことを話した。

「探索にあたっている者を、襲うつもりではないか」

新十郎が顔をけわしくして言った。

「その恐れがございます」

根津が言った。

「うむ……」

新十郎はいっとき虚空に目をむけて黙考していたが、

「襲われるのを待つことはできんな」

と、語気を強くして言った。

次に口をひらく者がなく、座敷は重苦しい沈黙につつまれていた。

「ところで、倉田、藤次はどうなった」

新十郎が声をあらためて訊いた。

「まったく、動きがございません」

倉田が、高岡とともに手先に命じて藤次の見張りと尾行をつづけていることを話した。

「甚兵衛一味は、おれたちが藤次に目をつけていることに気付いたのかな」

新十郎が言った。

「それはないと思います。気付いていれば、藤次が隠れ家から姿を消すはずです」

張り込んでいるといっても、夜まで張り込みをつづけるわけではなかった。藤次がその気になれば、いつでも姿を消せるだろう。

「こうなったら、先手をとって攻めるか」

新十郎が言った。

「先手と、もうされますと？」

根津が訊いた。

「藤次を捕らえて、口を割らせるのだ。……永六の話では、甚兵衛は江戸から逃走できぬほど体が弱っているとのことだった。藤次が捕らえられたことを知っても、すぐに隠れ家を出ないだろう。……出たとしても、遠くまで動けまい。いずれ、逃走先はつきとめられよう」

「やりますか」

倉田が顔をひきしめて言った。

4

翌日の午後、陽が西の空にまわったころ、倉田、高岡、根津の三人は、それぞれ四、五人の手先を連れて、冬木町にむかった。

三人とも羽織袴姿で、御家人か江戸勤番の藩士のような恰好をしていた。手先たちも、小者か中間のような身支度だった。町奉行所の捕方と、思わせないようにしたのである。

倉田たち三人はすこし間をとって歩き、権兵衛店の近くの稲荷で顔を合わせた。

「駒造、浜吉とふたりで、長屋に藤次がいるか見てきてくれ」

倉田は藤次がいなければ、もどるまで待つつもりでいた。これまで、藤次は出かけても夜になると長屋にもどっていたのである。

「へい」

駒造は浜吉を連れて稲荷の境内から出ていった。伊平は、倉田のそばにひかえている。

倉田たちは境内の木陰で、駒造たちがもどるのを待った。

しばらくすると、浜吉だけがもどってきた。

「藤次は長屋にいやす」

すぐに、浜吉が言った。

「駒造は？」

「路地木戸のそばで、見張っていやす」

浜吉によると、駒造は藤次が長屋から出ないか見張っているという。

「そうか」

倉田は西の空に目をやった。陽は稲荷の祠の向こうに沈んでいた。まだ、上空には昼の明るさが残っていたが、境内の樹陰には淡い夕闇が忍び寄っている。

倉田は高岡と根津の三人で相談し、藤次が長屋を出たところを取り押さえることにした。長屋から出なければ、暗くなるのを待って長屋に踏み込むのである。

倉田は、長屋の見張りに浜吉と伊平もくわえ、残りの者は稲荷の境内で待機することになった。

それから、半刻（一時間）ほど過ぎた。稲荷の境内は夕闇につつまれ、上空も夜の色に染まってきた。かすかに星のまたたきも見られる。

「旦那、伊平が来やす！」

稲荷の鳥居のそばで通りを見ていた手先が、境内に走り込んできて知らせた。

倉田たちは、鳥居の脇に出た。

伊平が倉田たちのそばに走り寄り、

「藤次が、こっちに来やす！」

と、昂った声で言った。

「よし、手筈《てはず》どおりだ」

すぐに、根津が同行してきた手先たちを連れて通りに出た。

根津たちは、川岸の葦の群生した陰に身をひそめて藤次をやり過ごし、背後から襲うことにしてあった。

「通りのそばに身を隠せ」

倉田が、その場に残った捕方に声をかけた。

すぐに、高岡や捕方たちは鳥居近くの樹陰に身を隠し、藤次が近付くのを待った。

……来る！

通りの先に人影が見えた。

淡い夕闇のなかに、小柄な男の姿が浮かび上がったように見えている。藤次のようだ。

辺りは静寂につつまれていた。仙台堀の水面にたったさざ波が汀《みぎわ》に打ち寄せ、笹の葉を振るような波音が絶え間なく聞こえてくる。その波音のなかに、藤次の足音がしだいにはっきりと聞こえてきた。

藤次はすこし前屈みの恰好で歩いてくる。倉田が以前見たときと同じように腰切半纏に股引姿だった。

捕方たちは息をつめて、近付いてくる藤次を見つめている。

倉田が十手を取り出した。刀を使わずに、十手で捕らえるつもりだった。もっとも、これだけ捕方がいれば、倉田の出る幕はないかもしれない。

藤次が、十間ほどの間に近付いた。

「行け！」

倉田が捕方たちに手を振った。

ザザッ、と身を隠していた木々の葉叢《はむら》が揺れ、捕方たちが次々に飛び出した。

一瞬、藤次が凍りついたように棒立ちになった。いきなり、前方に飛び出してきた捕方たちを見て、立ち竦《すく》んだのである。

「御用だ！」

「神妙にしろ！」

捕方たちがいっせいに声を上げ、藤次の行く手に立ちふさがった。手にした十手を藤次にむけて近付いていく。

倉田と高岡は捕方たちの後ろに立ち、藤次を見すえている。

「ちくしょう！」

藤次は後じさって反転した。

後ろに逃げようとしたらしい。だが、すぐに足がとまった。根津を先頭に、駆け寄ってくる捕方たちが目に入ったのだ。

藤次は通りの前後に目をむけて逡巡《しろがねいろ》するような顔をしたが、すぐに懐から匕首を取り出した。夕闇のなかに、匕首が銀色にひかった。

「藤次、おとなしく縛《ばく》につけい！」

倉田が十手をむけて声を上げた。

その声で、ふたりの捕方が十手で藤次に殴りかかった。

ギャッ！と悲鳴を上げ、藤次が身をのけ反らせた。捕方のふるった十手が、藤次の後頭部に当たったのである。

藤次は匕首を取り落とし、前によろめいた。そこに、根津たちが駆け付けて藤次を取り囲んだ。

背後から迫った捕方のひとりが藤次の肩先をつかみ、足を搦《から》めて地面に押し倒した。すばやく、別のふたりが藤次の両側にまわり、両肩を押さえつけた。藤次は呻《うめ》き声を上げながら身を捩《よじ》ったが、逃れられない。

「縄をかけろ！」

倉田が声をかけた。

すぐに、捕方のひとりが藤次の両腕を後ろにとって早縄をかけた。

「引っ立てろ!」

倉田の声で、捕方たちが藤次を取り囲むようにして歩きだした。

倉田たちは、仙台堀沿いの道を大川の方へむかった。八丁堀まで帰るのである。

辺りは夕闇につつまれ、通りかかる者の姿もなくひっそりと静まっていた。聞こえてくるのは、倉田たちの足音と汀に寄せるさざ波の音だけである。

5

「お役人さま、これは何かの間違いでございます」

藤次は、細い目で新十郎を見つめながら訴えるように言った。

五十がらみであろうか。丸顔で、額に横皺が寄っていた。目が細く、黒ずんだ唇をしている。

南茅場町の大番屋の吟味の場だった。藤次は後ろ手に縛られたまま土間に敷かれた筵に座らされていた。藤次の後ろには、六尺棒を持った番人がふたり厳《いか》めしい顔をして立っている。

一段高い座敷のなかほどに新十郎が座し、倉田が脇にひかえていた。

「捕り違いともうすか」

新十郎が訊いた。

「はい、てまえは、お上の世話になるようなことをした覚えはございません」

「ならば、おれが訊いたことを包み隠さず話すな」

「は、はい……」

藤次の視線が揺れた。

「では、訊く。町方の者が、ずっと前からおまえの跡を尾けていたことを知っているか」

「……ぞ、存じません」

藤次の顔がこわばった。

「おれたちが、永六を捕らえたことは?」

「……!」

一瞬、藤次の顔がひき攣《つ》ったようにゆがんだ。

「藤次、おれたちが、おまえの塒をどうやって知ったか分かるか。話してくれた者がいるからだよ」

藤次は何も言わなかった。体が、小刻みに顫えだした。

「まず、仲間たちのことから訊く。目黒の甚兵衛を知っているな」

新十郎が、藤次を見すえて訊いた。

「……ぞ、存じません」

藤次が喉のつまったような声で言った。

「知らぬか。まァ、いい。おまえが、甚兵衛の子分であることは、はっきりしているのでな」

「佐川平三郎はどうだ」

「……」

藤次は何も答えず、顔を伏せてしまった。

すると、藤次の後ろにいた番人が両脇にまわり、六尺棒を突き出して藤次の顎《あご》の下に当て、

「面《おもて》を上げろ」

と、低い声で言い、藤次の顔を上げさせた。

「佐川を知っているな」

あらためて、新十郎が訊いた。

「そ、存じません……」

藤次が小声で答えたとき、新十郎の脇に控えていた倉田が、

「藤次、しらをきっても無駄だぞ。おれは、八丁堀で襲われたとき、おまえをしっかり見ているのだからな」

と、口を挟んだ。

藤次はチラッと倉田に目をやった後、いっとき身を硬くしていたが、観念したような顔をし、

「さ、佐川の旦那は、知っていやす」

と、震えを帯びた声で言った。

「ここにいる倉田たちを襲ったとき、いっしょにいたのは、猪之吉だな」

新十郎が訊いた。

「へい……」

藤次は隠さなかった。すでに、町方に知られていることは、隠しても仕方がないと思ったのであろう。

「定廻りの吉川と御用聞きの常七を殺したのは、佐川とおまえだな」

新十郎が語気を強くして訊いた。

藤次は何も答えなかった。さすがに、町奉行所の同心を殺したことは、認めたくなかったのだろう。

「藤次、いまさら隠してもどうにもならぬぞ。おまえは甚兵衛とともに何度も大店に押し入り、大金を盗んでいる。それだけでも、断罪はまぬがれまい」

「……！」

藤次の顔から血の気が引いたが、口を強く結んだまま身を硬くしている。

「ところで、藤次、甚兵衛はどこにいる」

新十郎が、藤次を見すえて訊いた。顔が紅潮し、双眸に射るようなひかりがあった。まさに、鬼を思わせるような凄みのある顔である。

「し、知らねえ」

藤次が虚空を睨むように見すえて言った。顔から怯《おび》えや恐怖の色が消えている。死を覚悟した者の悽愴さがある。

……こいつは、拷問にかけても口を割らぬ。

と、新十郎は思った。おそらく、親分や仲間のことは、口が裂けても言わないだろう。

それでも、新十郎は佐川と猪之吉の隠れ家を訊いてみた。やはり、藤次は口を引き結んだまま何も答えなかった。

「おまえたちの仲間の千住小僧を知っているな」

新十郎は矛先を変えた。

そのとき、藤次の顔に憎悪の色がよぎった。

藤次の顔を見た新十郎は、千住小僧のことなら吐くかもしれないと思った。藤次は、千住小僧のことを憎んでいるようだ。

「ちかごろ、親分の真似をして大店に入り、大金を手にしているようだが、なかなかの腕ではないか」

新十郎が言った。

「伝次郎《でんじろう》は、仲間じゃァねえ」

藤次が吐き捨てるように言った。千住小僧は、伝次郎という名らしい。

「仲間ではないのか」

すぐに、新十郎が訊いた。

「仲間じゃァねえ」

「それはおかしい。千住小僧は、甚兵衛が大店に盗みに入っているときから仲間だったはずだぞ。千住小僧は、甚兵衛の手口をそっくり真似ているではないか。

仲間でないと分からぬことまでな」

「やつは、親分を裏切りゃァがった。……茅町の米問屋に入った後、おれたちは足を洗うことにしたんだ。それなのに、やつはまた盗みに入《へぇ》ったのよ」

「そのことは、おれたちもつかんでいる。……だが、甚兵衛は娘のお京を千住小僧といっしょにさせているじゃァねえか。……お京ではなく闇小町といえば、分かりがいいか。その闇小町は、千住小僧といっしょに盗みに入ってるんだぜ」

新十郎が伝法な物言いをした。藤次とやり取りしているうちに、その方が話しやすいと感じたのである。

「伝次郎が、うまいこと言ってお京さんを誑《たぶら》かしたのよ。……親分は娘にせがまれ、盗人をやめることを条件にいっしょになるのを許したんだ。それを、伝次郎のやつ、親分の体が弱ったのをいいことに、また盗人を始めやがって。それも、おれたちの手口をそっくり真似てだ！」

藤次が罵《ののし》るように言った。顔が憎悪で赭黒く染まっている。

「その甚兵衛が八丁堀同心を襲ってまでして、千住小僧を守ろうとしたのはどういうわけだ」

新十郎が訊いた。

「親分が守ろうとしたのは伝次郎じゃァねえ、お京さんだ」

「そういうことか」

新十郎は、なぜ甚兵衛たちが吉川や倉田たちを襲ったか分かったが、まだ腑に落ちなかった。娘とはいえ、そこまでしてお京を守ろうとする甚兵衛の気持ちが、まだ理解できなかったのである。

新十郎の訊問がとぎれたとき、

「藤次、佐川だが、なぜ甚兵衛一味にくわわったのだ。それに、佐川は甚兵衛やお京のために吉川どのやおれを襲っている」

と、倉田が脇から訊いた。

すでに、永六が佐川は甚兵衛に恩があると口にしていた。倉田は、どんな恩なのか知りたかったのだ。

「佐川の旦那は、親分に助けてもらったことがあるらしい」

「どういうことだ?」

「佐川の旦那のご新造さんが病にかかったとき、親分は薬代を出してやったようだ。それに、お京さんにご新造さんの身のまわりの世話をさせたらしい。……お、親分は、おれたち子分も身内のように扱ってくれたのだ。そ、それなのに、伝次郎のやつ……」

藤次が顔をゆがめ、声を震わせて言った。悲痛と怒りが、いっしょになったような顔をしている。

倉田につづいて新十郎が、

「その伝次郎の塒はどこだ」

と、藤次を見すえて訊いた。

藤次はすぐに答えず、いっとき口をとじたまま虚空に目をとめていたが、

「やつの塒は、深川の熊井町の借家だと聞いたことがありやす」

と、小声で言った。

「熊井町のどこだ」

熊井町というだけでは、探すのが面倒である。

「おれは行ったことがねえから、分からねえ」

それだけ言うと、藤次はまた口をつぐんでしまった。

6

その日、南茅場町の大番屋に鬼彦組の者が、五人集まった。与力の新十郎、それに定廻り同心の倉田、根津、利根崎、高岡の四人である。

新十郎が座敷にいる四人を前に、藤次の吟味で分かったことを話した後、

「定廻りの者で、千住小僧の塒をつきとめてほしいのだ」

と、一同に視線をまわしながら言った。

「熊井町のどこか、分からないのですね」

根津が訊いた。

「熊井町としか分からない。……ともかく、手先を熊井町に散らせて聞き込むより手はないな。手掛かりは、ちかごろ借家に越してきた夫婦だ。……伝次郎とお京という名だが、おそらく別の名を使っていよう。名は当てにしない方がいいな」

新十郎が言った。

「それに、町方の動きを甚兵衛たちに知られないように探りたいのです。熊井町

を探っていることが知れると、また花川戸町の二の舞いになります」

倉田が、千住小僧が塒を捨てて姿を消す恐れがあることを言い添えた。

「むずかしいな」

根津が言った。

「八丁堀と分からぬ恰好で行くんだな。手先たちも、聞き込みのときに千住小僧と闇小町のことは口にしないことだ。ここ、一月ほどの間に越してきた夫婦の住む借家を探させればいい」

新十郎が、男たちに視線をまわして言った。

「承知しました」

利根崎が言うと、その場にいた倉田たち三人がうなずいた。

新十郎は立ち上がって座敷から出ようとしたが、何か思い出したように足をとめて振り返り、

「いいか、油断するなよ。佐川が、いつ襲ってくるか分からんぞ」

と、倉田たちに言った。

「はい」

座敷にいた四人が、けわしい顔でうなずいた。

その後、倉田たちは、聞き込みにあたる場所を決めた。熊井町はひろいので、四人で分散して探ることにしたのである。

倉田と高岡は大川沿いをあたり、根津と利根崎は、正源寺という寺のある周辺から聞き込むことにした。

翌朝、倉田は奉行所に出仕した後、いったん組屋敷にもどり、羽織袴に着替えて江戸橋にむかった。江戸橋のたもとで、駒造、浜吉、伊平の三人が待っていることになっていた。

倉田は駒造たちと顔を合わせると、日本橋沿いの道を大川の方へむかい、永代橋を渡って深川へ出た。大川沿いの道を下流にむかえば、熊井町はすぐである。

倉田は熊井町に入ると、岸際に植えられた桜の樹陰に足をとめ、

「ここで、分かれて聞き込みにあたる。探すのは、ここ一月ほどの間に夫婦者が越してきた借家だ」

と、駒造たちに言った。四人で別々に聞き込んだ方が埒《らち》が明くとみたのである。

倉田は一刻（二時間）ほどしたら、桜の樹陰にもどることを言い添えて、駒造たちと分かれた。

倉田は大川沿いの道から右手の路地に入った。静かだが町家が連なっていて、

借家や妾宅などがありそうに見えたのだ。

倉田は路地を歩きながら話の聞けそうな酒屋を目にし、店先にいた親爺に、この辺りに借家はないか訊いてみた。

四十がらみと思われる親爺は、

「この辺りに借家はありませんねえ。……そこの四辻を南にしばらく行くと、何軒か借家があると聞いてますよ」

と、通りの先を指差して言った。二十間ほど先に四辻がある。

倉田は親爺に礼を言って、店先を離れた。

言われたとおり四辻を右手に折れて南にむかい、一町ほど歩いたところで通りかかったぼてふりに、この近くに借家はあるか訊いた。

「旦那、そこの春米屋《つきごめ》の先に、借家がありやすよ」

そう言い残し、ぼてふりは盤台を担いで倉田から足早に離れていった。

倉田は春米屋の前まで来て路地の先に目をやると、借家らしい家屋が三軒並んでいた。家屋に近付いて探るより、近所で訊いた方が早いと思い、倉田は春米屋に入った。

あるじらしい男が、唐臼《からうす》の脇で米俵をあけていた。倉田は男に三軒の家が借家かどうか訊いてみた。

「借家でさァ」

男は怪訝な顔をして言った。鬢や髷が小糠《こぬか》に染まっている。

「ちかごろ、おれの知り合いの夫婦がこの辺りに越してきたのだが、そこの借家かと思ってな」

倉田が訊いた。

「そこの借家に、ちかごろ越してきた者はいませんよ」

男によると、三軒とも四、五年前から住人がいるという。一軒は子供のいる夫婦で、他の二軒にはひとり暮らしの隠居と妾らしい女がひとりで住んでいるそうだ。

……千住小僧たちの隠れ家ではない。

と、倉田は判断した。

それから半刻（一時間）ほど、倉田は路地を歩いて借家を探し、住人について訊いたが、千住小僧たちの隠れ家は見つからなかった。

倉田はあきらめて、川沿いの道に出て川上に足をむけた。桜の樹陰に、駒造たちが待っていた。すでに、九ツ半（午後一時）ごろになっていたこともあり、四人は通り沿いのそば屋に入った。

そばをたぐりながら、四人で聞き込んだことを話したが、何の収穫もなかった。

そば屋を出た四人は午前中より遠方まで足を運び、ふたたび別々になって聞き込んだ。陽が西の空にまわるころまで歩きまわったが、やはり千住小僧と闇小町の隠れ家はつかめなかった。

「また、明日だ」

倉田は、永代橋を渡りながら駒造たちに言った。

高岡、根津、利根崎の三人も、手下とともに熊井町に入って聞き込みをつづけているので、いずれ千住小僧と闇小町の隠れ家は知れるだろう。

翌朝、倉田は奉行所に出仕し、高岡たち三人と顔を合わせて探索の結果を聞いた。高岡たち三人も、収穫はないとのことだった。

「ともかく、熊井町を探すしかないな」

根津がそう言い、男たちはうなずいた。

倉田は昨日と同じように組屋敷にもどり、羽織袴に着替えてから駒造たちを連れて熊井町にむかった。

「今日は、さらに南を探ってみよう」

倉田たち四人は、大川端の道を下流にむかって歩いた。右手の家並の先に、江戸湊の海原がひろがっていた。波間に木の葉のような猪牙舟が浮かび、大型廻船の白い帆が、青い海原のなかにくっきりと見えた。

「この辺りから、探ってみるか」

倉田が路傍の松の樹陰に足をとめた。

熊井町だが、昨日より南に来ていた。通り沿いの家はまばらになり、空き地や笹藪、海岸に近い地には松の疎林などが目についた。

倉田は駒造たちと分かれると、川沿いの道を歩いた。そして、通り沿いで目についた店に立ち寄って話を聞いたが、この辺りに借家はないという。それでも、三軒目に立ち寄った笠屋の親爺が、

「この先を二町ほど歩くと、右手に入る路地がありやしてね。その先に、借家がありやすよ」

と、教えてくれた。親爺によると、商家の旦那が妾をかこっていた家で、妾が亡くなった後、借家になっているという。

倉田は二町ほど歩いた。親爺が話していたとおり、板塀をめぐらせた妾宅らしい家屋があった。家の左右は雑草の茂った空き地になっていて、家の裏手は松の

疎林が海沿いにつづいていた。松林の先には、江戸湊の海原がひろがっている。

倉田は通りの先に目をやった。三軒ほど先に、小体な瀬戸物屋があった。店先の台に皿、茶碗、丼などが並べてある。

倉田は店の者に、借家の住人のことを訊いてみようと思った。店先から覗くと、客の姿はなく、奥の小座敷に初老の男が座して布で大皿を拭いていた。埃《ほこり》を拭き取っているようだ。

倉田は店に入り、借家にだれか住んでいるのか訊いてみた。

「あの家は、越してきたばかりですよ」

男が目をしょぼしょぼさせて言った。

「町人の夫婦か」

すぐに、倉田が訊いた。

「そうでさァ」

「あの家か」

……見つけたぞ！

思わず、倉田は胸の内で声を上げた。

さらに、倉田が夫婦のことを訊くと、

「一月ほど前、夫婦で茶碗を買いに来ましてね。そのとき、話したんですが、旦那は船宿の船頭をしてるそうですよ」

と、親爺が答えた。男は三十代半ばで浅黒い顔をし、女は色白の年増だという。

「いまも、住んでいるのだな」

倉田が念を押すように訊いた。

「住んでるはずですよ。……ちかごろ、ふたりの姿を見かけませんがね」

親爺によると、五日前に男の姿を見かけただけだという。

倉田は親爺に礼を言って店先から離れると、借家にむかった。通行人を装って家の様子をみてみようと思ったのである。

倉田は借家の前まで行くと、戸口に近付いた。足音を忍ばせて、戸口の前を通りながら聞き耳をたてた。

……いる！

家のなかで床板を踏むような音がした。声は聞こえなかったが、住人がいるのはまちがいない。

倉田はそれ以上住人のことは探らず、駒造たちと待ち合わせる場所にもどった。

第五章　密告

1

新十郎が北町奉行所の表門をくぐると、倉田が待っていた。

「倉田、何か知れたか」

新十郎が訊いた。倉田は新十郎に知らせることがあって、待っていたにちがいない。

「はい、千住小僧の隠れ家が知れました」

倉田の表情は冴えなかった。不審なことがあるのかもしれない。

「ともかく、着替えてくる。詰所で待っていてくれ」

新十郎はそう言い置き、与力詰所に足をむけた。門のそばで、立ち話をつづけるわけにはいかなかったのだ。

新十郎は継裃から羽織袴に着替えると、すぐに同心詰所に足を運んだ。詰所には、倉田の他に、高岡、根津、利根崎の姿があった。

新十郎は倉田たち四人の前に膝を折ると、

「倉田、話してくれ」

すぐに、言った。

「藤次が話したとおり、千住小僧の隠れ家は熊井町の借家でした」

「それで」

新十郎は、話の先をうながした。

「ですが、隠れ家には千住小僧しかいないようです」

倉田は、千住小僧の隠れ家をつきとめた後、駒造、浜吉、伊平の三人を隠れ家の近くに張り込ませて、住人を探らせたという。

駒造たちは三日にわたって張り込み、夜になって家に近付いてなかの様子を窺《うかが》ったりしたが、千住小僧ひとりしか確認できなかったそうだ。

「闇小町はいなかったのだな」

新十郎は、倉田がなぜ不審そうな顔をしていたのか分かった。千住小僧といっしょにいるはずの闇小町の姿がなかったからであろう。

新十郎はいっとき虚空に視線をとめて黙考していたが、

「闇小町は、甚兵衛のところにいるかもしれんな」

と、つぶやくような声で言った。闇小町が別の場所に身を隠すとすれば、甚兵衛の隠れ家しかないような気がしたのである。

「それがしも、甚兵衛の隠れ家ではないかとみています」

根津が言った。

「さらに、千住小僧の尾行をつづけますか。そのうち、闇小町や甚兵衛と会うかもしれません」

倉田が、新十郎に目をやって訊いた。

「いや、千住小僧を捕ろう。おれたちが見張っていることに気付けば、千住小僧もすぐに姿を消すはずだ」

「いかさま」

倉田が言った。これ以上、千住小僧の張り込みや尾行をつづけるのは、難しいとみていたようだ。

「捕るなら、早い方がいいな。どうだ、明日では」

そう言って、新十郎が男たちに視線をまわした。

「心得ました」

倉田が言うと、他の三人もうなずいた。

「おれも行こう。……千住小僧の捕物だからな」

新十郎が声を大きくして言った。

その後の話で、千住小僧の捕縛には、新十郎、倉田、高岡の三人がむかうことになった。捕方は、二十人ほど連れていくことにした。江戸市中を騒がせている盗人だったので、相手はひとりだが捕方の人数をそろえたのである。

一方、根津と利根崎は熊井町周辺に出向き、闇小町や甚兵衛の隠れ家を探すことになった。千住小僧の隠れ家とそう遠くない地に、甚兵衛の隠れ家もあるとみたのである。

翌日、新十郎は北町奉行所に出向いた後、倉田、高岡とともに奉行所を出た。

新十郎は、捕物出役装束ではなく、羽織袴姿で二刀を帯びていた。ふだん吟味のために大番屋に出かけたり、事件にかかわった同心や被害者などに会うために出かけるときの恰好である。

通常の捕物のおりは、事件にあたった定廻りや隠密廻りの同心が奉行に上申し、当番与力の出役をあおぐことになっていた。吟味方与力である新十郎が、捕物にあたることはないのである。

そのため、新十郎はすでに捕らえてある永六と藤次の吟味のために関係場所に出かけたことにし、途中同心から千住小僧が隠れ家にひそんでいることを聞き、その場で捕らえるために捕物にくわわったことにするつもりだった。

新十郎が捕物にくわわることは、鬼彦組として探索にあたるようになったときから奉行も予想していたし、与力をまとめている年番方《ねんばんかた》与力の浅井《あさい》文左衛門《ぶんざえもん》も承知していたので、うるさいことは言わなかった。

新十郎たちは、南茅場町の大番屋に立ち寄った。そこに、千住小僧の隠れ家を見張っている者が知らせに来ることになっていたのだ。

新十郎たちが大番屋の座敷で茶を飲んでいると、高岡が使っている岡っ引きの七助が大番屋に姿を見せた。

「七助、千住小僧はいるか」

すぐに、高岡が訊いた。いなければ、与力の新十郎が熊井町まで出向いても、どうにもならないのだ。

「おりやす。やつは、朝から家にいるようでさァ」

七助が、いま隠れ家を駒造たちが見張っていることを言い添えた。

「おれたちも行くか」

新十郎が腰を上げた。

新十郎、倉田、高岡の三人が大番屋を出ると、小者や中間などの捕方が七人待っていた。捕方といっても、捕方装束ではない。ふだん、同心や与力にしたがっているときの身装《みなり》である。ただ、十手や捕り縄は持っているはずだ。

他の捕方の多くは岡っ引きや下っ引きで、永代橋のたもとで待っている手筈になっていた。新十郎と捕方たちは、ひとりふたりとばらけて歩いた。捕物にむかうとみられないためである。

新十郎は倉田が歩きながら通りの左右に目をやっているのを見て、

「何か気になることでもあるのか」

と、倉田に訊いた。

「いえ、ちかごろまったく佐川が姿を見せないので、かえって気になって……」

倉田によると、佐川は根津や高岡を尾行したり、倉田の屋敷を見張っていたりしたが、ちかごろはまったく姿を見せないという。

「おれたちの動きを探る必要がなくなったのだろうな」

新十郎は、甚兵衛たちの仲間内で何かあったのかもしれないと思った。

2

永代橋のたもとに、十人ほどの捕方が待っていた。捕方といっても、岡っ引きと下っ引きたちである。そのなかには、根津や利根崎に手札をもらっている者たちもいた。ふたりから、話があったのであろう。

新十郎たちは、大川沿いの道を南にむかって歩いた。熊井町に入って、しばらく歩くと町家はまばらになり、空き地や松の疎林などが目立つようになってきた。右手前方にひろがる江戸湊の海原は、曇天のせいか黒ずんだ藍色に見え、無数の波頭が白い縞柄のようにつづいている。

「あの家です」

歩きながら、倉田が前方を指差した。

一町ほど先に、板塀をめぐらせた仕舞屋《しもたや》が見えた。裏手に松の疎林があり、その先は海になっている。

新十郎たちは、足を速めた。千住小僧が家のなかから新十郎たちを目にすれば、捕方と気付くかもしれない。

家の近くまで来ると、新十郎たちは丈の高い雑草の陰にかがんで身を隠した。

「だれか来るぞ」

新十郎が、通りを指差して言った。

見ると、仕舞屋をかこった板塀の脇から男が通りに出て、こちらに小走りにむかってくる。

「駒造です」

倉田が言った。

駒造は倉田たちのそばに走り寄ると、

「千住小僧は家にいやす」

と、息を弾ませながら言った。

「ひとりか」

「へい、やつひとりで、酒を飲んでるようでさァ」

駒造によると、千住小僧は一刻（二時間）ほど前、一度家から出て通り沿いにある酒屋まで行って、貧乏徳利に酒を買ってきたという。

「仕掛けるか。ここなら、騒ぎが大きくなることもあるまい」

新十郎が通りに目をやって言った。

通りには、ぽつぽつ人影があったが、千住小僧の住む借家は通りからすこし入ったところにあり、しかも近くに人家がなかった。

「高岡、念のために裏手へまわれ」

新十郎が命じた。

「はい」

高岡は、その場で五、六人の手先に裏手へまわるよう指示した。

「行くぞ」

新十郎と倉田が先に立ち、高岡と捕方たちがつづいた。

板塀のそばまで来ると、高岡が手先たちを連れて雑草におおわれた空き地に踏み込んだ。裏手へまわるのである。

新十郎と倉田は残った捕方たちをしたがえ、忍び足で借家の戸口にむかった。

すでに、捕方たちは十手を手にしている。

戸口の板戸はしまっていたが、脇が一寸ほどあいていた。戸締まりはしてないようだ。

「あけます」

倉田が声を殺して言い、板戸を引いた。

ゴトゴトと重い音をたてて戸があいた。古い戸で、立て付けが悪かったらしい。

倉田が薄暗い土間に踏み込み、駒造をはじめ五人の捕方がつづいた。新十郎と他の捕方は、戸口をかためている。

土間の先に、狭い板間があった。その先に障子がたててある。

「だれでえ!」

ふいに、障子の向こうで男の濁声がした。千住小僧らしい。表戸のあく音を耳にし、ひとが土間に入ってきた気配を感じたのであろう。

倉田は板間に上がると、十手を取り出した。つづいて、捕方たちも板間に踏み込んだ。

そのとき、障子の向こうでひとの立ち上がる気配がし、ガラリと障子があいた。

男が姿を見せた。浅黒い顔をした剽悍そうな面構えの男である。その顔が酒気を帯びて赭黒く染まっている。

「千住小僧、いや、伝次郎、神妙にしろ!」

倉田が声を上げ、十手をむけた。

御用!

御用だ！

捕方たちが、いっせいに声を上げて千住小僧に迫った。

「ちくしょう！　つかまってたまるか」

千住小僧は反転し、座敷にあった貧乏徳利を手にすると、いきなり倉田にむかって投げつけた。

倉田がかわすと、貧乏徳利は土間へ落ち、ガシャ、と大きな音をたてて砕け、酒といっしょに破片が飛び散った。

千住小僧は、倉田と捕方たちの足がとまったのを見ると、座敷の隅の長火鉢の猫板の上に置いてあった匕首を手にした。

「こ、殺してやる！」

千住小僧は、匕首を手にして身構えた。目をつり上げ、歯を剝き出している。憤怒の形相《ぎょうそう》である。

「伝次郎、観念しろ！」

倉田は身構えたまま板間を摺り足で進み、千住小僧に迫った。板間に上がった捕方たちも、千住小僧を取り囲むように近付いていく。

倉田が座敷に踏み込むと、

「野郎！」

千住小僧が叫びざま、匕首を胸の前に構えてつっ込んできた。体ごとぶち当たるような勢いである。

咄嗟に、倉田は横に跳び、体をひねりながら十手を千住小僧の首筋にたたきつけた。一瞬の体捌きである。

ギャッ！　と絶叫を上げ、千住小僧が身をのけ反らせた。腰がくずれてよろめき、板間まで行って足がとまったとき、捕方のひとりが脇から飛び付いた。捕方は千住小僧の腰に腕をまわし、足を搦《から》めて押し倒した。

千住小僧は板間に俯《うつぶ》せに倒れたとき、グワッ！という呻き声を上げた。体を激しくよじっている。

千住小僧の手にした匕首が、腹に突き刺さっていた。前に倒れた拍子に、己の匕首が腹に刺さったらしい。

ふたりの捕方が慌てた様子で、千住小僧の両肩をつかんで身を起こした。匕首が腹に深々と刺さっている。

千住小僧は両手で腹を押さえ、苦痛に顔をしかめていた。棒縞の小袖が、どっぷりと血を吸っている。

板間にへたり込んだ千住小僧のまわりに、新十郎と倉田、それに駒造たち五人の捕方が集まっていた。

3

一方、高岡は十人ほどの捕方を連れて家のなかをまわっていた。闇小町や甚兵衛たちの居所の知れる物が何かないか、探していたのである。

「伝次郎か」

新十郎が訊いた。

「……」

千住小僧は前に立った新十郎を見上げたが、顔をゆがめただけで何も言わなかった。顔が血の気を失い、蒼ざめている。

「大番屋へ連れていく前に、訊いておきたいことがある」

新十郎はそう言ったが、大番屋へは連れて行けないだろうと思った。千住小僧の腹の傷は深かった。臓腑に達しているようだ。長くは、命がもたないだろう。

「お京とは別れたのか」

新十郎はお京の名を出した。

「わ、別れたんじゃァねえ……」

千住小僧が、絞り出すような声で言った。

「おまえを見捨てて逃げたのか」

「……つ、連れて、行かれたんだよ」

千住小僧が、憎悪に顔をゆがめた。

「だれに連れて行かれたのだ」

「じ、甚兵衛に、ちがいねえ……」

千住小僧は、隠す気がないようだった。自分でも、助からないとみているのかもしれない。

「甚兵衛がここに来たのか」

「やつは、歩きまわれるような体じゃァねえ。……お京を連れていったのは、子分たちだろうよ」

「おまえは、だれがお京を連れていったか見ていないのか」

「見てねえが、おれが留守にしたとき、連れていったにちがいねえ」

千住小僧が喘《あえ》ぎ声を洩らした。

「子分というと、佐川と猪之吉か」

甚兵衛の子分で残っているのは、ふたりだけである。

「そ、そうだ」

「甚兵衛の隠れ家はどこだ」

新十郎が千住小僧を見すえて訊いた。

「し、知らねえ」

「親分の居所を知らないのか。おまえにとって、甚兵衛は親分でもあり義父《おや》でもあるのだぞ」

「あ、あんな老《お》い耄《ぼ》れ、親分でも義父《おや》でもねえ」

千住小僧が、吐き捨てるように言った。

「伝次郎、お前、甚兵衛を憎んでいるようだな」

「ああ、憎んでいる……」

千住小僧が苦しげに顔をゆがめた。体が小刻みに顫えている。

「何があったのだ」

「じ、甚兵衛は、おれのことを、娘を盗んだ犬畜生だと言ってな、まともに扱っちゃァくれなかったのよ。……分け前も、ろくにくれねえ。……おまけに、おれに足を洗えとぬかしゃァがった」

千住小僧が、声を震わせて言った。

新十郎が顔をしかめて口をとじたとき、倉田が、

「それがしから、訊いてもよろしいでしょうか」

と、小声で訊いた。

「訊いてみろ」

新十郎は、一歩下がった。

「伝次郎、おかしいではないか。おまえたちを助けるために、甚兵衛は佐川や藤次たちを使って、八丁堀同心を殺したのだぞ。それに、甚兵衛はおまえとお京を小浜屋や花川戸町の隠れ家から逃がしているではないか」

倉田は、千住小僧とお京が逃げられたのは、甚兵衛の助けがあったからだろうとみていた。

「そ、そうじゃァねえ。……甚兵衛が、助けたかったのは、お京だけだ。おれは、どうだっていいのよ。……み、見てみろ、いよいよ危なくなったらおれに内緒で、

ここからお京だけ連れ出してるじゃァねえか。……お、おれは、見殺しよ」

千住小僧の口から、苦しげな喘ぎ声が洩れた。

「うむ……」

千住小僧の言うように、甚兵衛はいよいよ危なくなったとみて、お京だけを助けようとしたのかもしれない。

「口ではそうは言うが、おまえは甚兵衛の塒を隠しているのではないか。お京と甚兵衛を守るためにな」

新十郎が千住小僧を見すえて言った。

「し、知らねえんだ。……嘘じゃねえ。おれは、甚兵衛の塒を知らねえんだ。おれが聞いているのは、仙台堀の海辺橋近くらしいってことだけだ」

「借家か長屋か」

畳み込むように新十郎が訊いた。

「な、長屋じゃァねえ……」

そう言うと、千住小僧は苦しげに荒い息を吐き、体を激しく顫わせた。視線が揺れている。

「おい、しっかりしろ！　佐川と猪之吉は、どこにいる」

新十郎が声を大きくして訊いた。

「……い、猪之吉は、親分と……」

グッ、と喉のつまったような呻き声を洩らし、千住小僧が喉を突き出すようにして身をのけ反らせた。

と、急に体から力が抜けて、がっくりと首が前に落ちた。千住小僧は、うなだれたまま動かなくなった。

「死んだ……」

新十郎がつぶやくような声で言った。

4

新十郎は深川、熊井町に出向いた翌日、鬼彦組の者たちを同心詰所に集めた。臨時廻りの狭山と田上も顔を出し、六人の同心が顔をそろえた。

新十郎は六人の同心を前にして、千住小僧が捕物のおりに誤って匕首で腹を突き、訊問した後、果てたことを話した。

「伝次郎の話では、甚兵衛の塒は仙台堀にかかる海辺橋の近くらしい。おそらく、甚兵衛は伝次郎も、われらの手にかかって死んだとみるだろう。追い詰められた甚兵衛が、何をしてくるか分からん。……それで、一刻も早く甚兵衛の居所をつかみたいのだ。明日から、六人総出で海辺橋周辺を探ってくれ」

新十郎が一同に視線をまわして言った。

「何か、手掛かりはございますか」

田上が訊いた。

「手掛かりだが、甚兵衛の隠れ家は長屋ではないということだ。それに、闇小町と猪之吉もいっしょらしい」

新十郎は、千住小僧が口にしたことを話した後、

「甚兵衛やお京という名は使っていないだろう。ともかく、借家や隠居所のような家を探ってみるしかないな」

「佐川はいっしょではないのですか」

高岡が訊いた。

「佐川の居所は、まだ分かっていない。……きゃつが、われらの命を狙ってくるかもしれん。油断はせぬことだ」

新十郎が、顔をひきしめて言い添えた。

翌日から、倉田たち六人は手先を連れて海辺橋近くの万年町、伊勢崎町、西平野町にむかった。いずれの町も、仙台堀沿いにひろがっている。

倉田は駒造、浜吉、伊平の三人を連れて伊勢崎町を探ったが、甚兵衛の隠れ家らしい家は見つからなかった。

その日、倉田は暮れ六ツ(午後六時)を過ぎ、ひとりで八丁堀の組屋敷にもどってきた。戸口から家に入ろうとすると、妹のきくが姿を見せ、

「兄上、これが戸口に投げ込まれていました」

顔をこわばらせて言い、折り畳んだ紙片を差し出した。

「投げ文のようだが——」

宛名も、差出人の名も記してなかった。

倉田は急いで、紙片をひらいてみた。

——甚兵衛の隠居所、玄信寺《げんしんじ》の裏にあり
記してあるのは、それだけである。だが、倉田は、すぐに密告だと気付いた。

何者か分からないが、甚兵衛の隠れ家を密告したのである。

仙台堀にかかる海辺橋のたもとから南側に寺院がつづいていた。玄信寺は、そのなかの一刹である。

玄信寺の裏手には、掘割を挟んで蛤町《はまぐりちょう》がひろがっている。蛤町は海辺橋の近隣の地ではなかったので、まだ倉田たちの探索は行われていなかった。

倉田は翌朝、出仕前に新十郎の屋敷へむかった。

応対に出た青山に、新十郎の耳に入れておきたいことがあると話すと、すぐに新十郎に伝えてくれた。

新十郎は庭に面した座敷で倉田と会い、

「何か知れたか」

と、訊いた。甚兵衛の隠れ家の捜索に進展があったと思ったようだ。

「昨日、それがしの家にこのような投げ文が――」

倉田はそう言って、折り畳んだ紙片を差し出した。

新十郎は紙片をひらいて目をやると、

「密告か」

と、顔をけわしくして言った。

「何者かが、甚兵衛の隠れ家を知らせたようです」

「どうみるな」

新十郎が訊いた。

「玄信寺の裏手に、甚兵衛の隠れ家はあるはずです」

「おれも、そうみる。……隠居所と記しているところからみて、これを書いた者は甚兵衛の隠れ家を知っているにちがいない」

「いかさま」

倉田も新十郎と同じ見方だった。

「ただ、罠かもしれん」

新十郎は顔をけわしくして口をつぐんだ。

「彦坂さま、蛤町の隠居所を探ってみましょうか」

倉田は、いずれにしろ捕方をむける前に、隠居所を探ってみる必要があるとみていた。

「どうだ、倉田、おれとふたりで行ってみないか」

「彦坂さまとふたりで……」

倉田は新十郎に目をやった。

「そうだ。罠だとすれば、まず考えられるのは、待ち伏せだな。おれたちをおびき出し、甚兵衛の子分が襲う魂胆だろう。……ただ、子分は佐川と猪之吉しか残っていない。ふたりで戦えば、何とかなるだろう」

新十郎が目をひからせて言った。

「分かりました。……手先を何人か連れていってもよろしいでしょうか」

倉田は、蛤町で甚兵衛の隠れ家である隠居所をつきとめるために手先が必要であることを話した。

「手先のことは、倉田にまかせる」

「では、それがしが手配いたします」

倉田は新十郎と蛤町へ行く手筈を相談し、彦坂家を辞去して組屋敷にもどった。

倉田はいったん北町奉行所に出仕し、同心詰所にいた根津と高岡に事情を話し、ふたりが使っている岡っ引きの岡造《おかぞう》と七助の手を借りることにした。

根津と高岡も蛤町に行くと言ったが、倉田は甚兵衛一味の目がひかっていることを話し、遠慮してもらった。

その日の午後、永代橋のたもとに、倉田と新十郎、それに駒造、浜吉、伊平、七助、岡造、小者の利助の八人が集まった。これだけいれば、佐川たちに待ち伏せされても、何とかなるだろう。

倉田と新十郎は、羽織袴姿で二刀を帯び、御家人か江戸勤番の藩士といった恰好をしていた。駒造たち六人も、職人、船頭、大工などに見える身装だった。町方と気付かれないように身を変えさせたのである。

5

新十郎たち八人はすこし間をとって歩き、大川沿いの道を川上にむかって歩いた。そして、油堀にかかる下ノ橋を渡ってすぐ右手に折れた。そこは油堀沿いの道で、蛤町方面につづいている。

しばらく油堀沿いの道を東にむかって歩き、掘割にかかる富岡橋を渡ってすぐに左手の路地に入った。

「そろそろ、蛤町ですぜ」

駒造が背後にいる倉田に言った。

路地沿いに、小体な店や古い仕舞屋などがあった。人影のすくない路地で、空き地や笹藪なども目立つ。

蛤町に入って間もなく、倉田が前にいる駒造に声をかけてから、路傍で枝葉を茂らせていた欅の樹陰で足をとめた。

倉田は後続の手先が顔をそろえたところで、

「彦坂さまとおれは、ここで待つ。隠居所をつきとめたら、ここにもどってくれ」

と、指示した。すでに、こまかい手筈は手先たちに伝えてある。

「へい」

駒造が答え、浜吉と伊平を連れてその場を離れた。

他の手先たちも、すぐに近くの路地に散っていった。蛤町はそうひろい町ではなかった。手先たちが手分けしてあたれば、そう手間はとらずに甚兵衛たちの住む隠居所は見つかるはずである。

「変わった様子はないな」

新十郎が、周囲に目を配りながら言った。

「われらを尾けている者もいないようです」

倉田は、この場に来る間も背後や路地沿いの物陰などに目を配っていたが、尾行者らしい人影は目にしなかった。

「甚兵衛の隠れ家が、見つかるかどうかだな」

新十郎が小声で言った。

それから、一刻（二時間）ほど過ぎただろうか。駒造が浜吉と伊平を連れて、足早にもどってきた。

「旦那、知れやしたぜ」

駒造が息をはずませながら言った。

「甚兵衛の隠れ家か」

すぐに、倉田が訊いた。

「へい、年寄りの住む隠居所でさァ。甚兵衛の隠れ家に間違《まちげ》えねえ」

駒造が口早に話したことによると、六、七年前、商家の旦那が隠居という触れ込みで住むようになった隠居所があるという。その隠居は近所の住人とほとんど話をせず、隠居所に籠っていることが多いそうだ。

隠居の名は甚兵衛でなく、藤兵衛《とうべえ》だという。ただ、甚兵衛という名を使っているはずはないので、名を気にすることはない。

「近くの八百屋の親爺に、聞いたんですがね。藤兵衛の頬に、傷痕があるそうでさァ」

駒造が言った。

「まちがいない。そやつが、甚兵衛だ」

倉田の背後で聞いていた新十郎が言った。

倉田と駒造が、そんなやり取りをしているところに、七助が小走りに近寄ってきた。

七助の話も駒造と変わりなかったが、

「その隠居所に、牢人者が出入りしているようです」

と、言い添えた。

「佐川だな」

新十郎が低い声で言った。

その後、倉田たちは岡造と利助がもどるのを待ち、倉田、新十郎、駒造の三人だけで、隠居所にむかった。踏み込むのは後になるが、倉田と新十郎は自分の目で隠居所を見ておきたかったのである。

駒造が先にたち、倉田と新十郎がつづいた。倉田は路地の周囲に目をくばりながら歩いたが尾行者らしき人影はなかった。

倉田たちは、掘割沿いの路地に出た。掘割の先には寺院がつづき、杜《もり》や堂塔などが折り重なるように見えていた。

人影のない寂しい路地だった。店屋はすくなく、古い仕舞屋や長屋などが多いようだった。畑、空き地、笹藪などが目についた。

駒造は堀沿いの道を二町ほど歩いたところで足をとめ、

「そこの空き地の先にある家でさァ」

と言って、前方を指差した。

思ったより大きな家だった。隠居所らしい家で、板塀がまわしてあった。家の脇の空き地は丈の高い雑草で覆われ、裏手は竹藪になっている。

「近付いてみるか」

新十郎が言った。

三人はすこし間をとり、通行人を装って家の前に近付いた。路地に面したところに、木戸門があった。門といっても、丸太を二本立てただけの物で門扉もなかった。

倉田は木戸門からなかを覗いてみた。狭い庭があり、その先が戸口になっている。戸はあけてあった。敷居の先に、板間が見えた。その奥が座敷になっているらしい。かすかに、障子をあけるような音が聞こえた。家のなかに、だれかいるようだ。

倉田はそのまま門の前を通り過ぎ、半町ほどいったところで足をとめた。

後ろから来た新十郎が、

「家に、だれかいたな」

と、小声で言った。

「はい」

「足音の主はだれか分からないが、甚兵衛がいるとみていいだろう」

甚兵衛は体が弱っているらしいので、隠居所のどこかで臥《ふせ》っているのではないかと思った。

「今日のところは、これまでだな」

新十郎が西の空に目をやって言った。

陽は西の家並の向こうに沈みかけていた。あと、半刻（一時間）もすれば、暮れ六ツ（午後六時）の鐘が鳴るだろう。

八丁堀にもどりながら、倉田と新十郎とで甚兵衛を捕らえる相談をした。

「甚兵衛を捕らえるのは、早い方がいいな」

新十郎が、油堀沿いの道を歩きながら言った。

「明後日はどうでしょうか」

倉田は、捕方を手配することもあったが、もう一度隠居所の周辺で聞き込み、隠居所にだれがいるのか、はっきりつかんでおきたかった。それというのも、まだ隠居所に闇小町がいるかどうかはっきりしなかった。それに、佐川も気になっていた。佐川が隠居所にいれば、捕方の人数も変わってくるだろう。

「いいだろう」

新十郎が承知した。

6

南茅場町の大番屋の前に、二十数人の男たちが集まっていた。新十郎、倉田、高岡、根津、利根崎の五人と、捕方たちである。これから、甚兵衛たちの捕縛に向かうのだが、蛤町の隠居所の近くの空き地で、十人ほどの岡っ引きや下っ引きたちが待っていることになっていた。都合三十人余になる。

新十郎たちは、捕物出役装束ではなかった。新十郎は羽織袴姿だったし、倉田たち同心は、ふだん市中を巡視している八丁堀ふうの恰好をしていた。捕方たちも、捕物装束でなかった。小袖を尻っ端折りし、股引に草履履きである。ただ、何人か六尺棒を手にしている者がいた。

倉田は昨日、駒造、浜吉、伊平の三人を連れ、蛤町に出かけていた。あらためて、隠居所の近くで聞き込んだ結果、年寄りの隠居の他に下働きの梅吉《うめきち》、それに若い女がいるらしいことが分かった。若い女は、闇小町であろう。

佐川がいるかどうかは、分からなかった。近所の住人も、隠居所の者と話す機会はすくなく、くわしいことは知らないようだった。

倉田は佐川がいれば相手をするつもりでいたが、新十郎には話してなかった。そのときの状況で、佐川に立ち向かえばいいと思っていたのである。

陽は西の空にまわりかけていた。八ツ半（午後三時）を過ぎているだろうか。

「行くぞ」

新十郎が声をかけた。

新十郎たち一隊は、大番屋の脇の路地から裏手にまわり、日本橋川沿いの道に出た。一町ほど先に桟橋がある。新十郎たちは、猪牙舟で蛤町まで行くことにしてあった。桟橋には、調達しておいた舟が三艘繋いである。

新十郎たちは分散して、三艘の舟に乗り込んだ。船頭は、捕方のなかで舟の扱いに慣れた者があたることになっていた。

「舟を出しやすぜ」

新十郎たちの舟の艫《とも》に立った田上が使っている岡っ引きの稲六が、棹《さお》を手にして声をかけた。稲六は若いころ船宿の船頭をしていたという。

舟は桟橋から離れると、水押《みお》しを大川の方へむけた。大川を横切って油堀に入り、冨岡橋をくぐってすぐに左手の掘割に入った。

掘割の左手には寺院がつづき、玄信寺の堂塔も見えてきた。右手にひろがっている家並が、蛤町である。

蛤町に入って間もなく、稲六が水押しを右手に寄せた。そこに船寄があり、漁師が使うらしい小舟が二艘繋いであった。船寄から土手の小径《こみち》を上がると、堀沿いに道があった。そこに、何人かの人影があった。先に来ていた岡っ引きたちらしい。

稲六は舟を船寄に着けると、

「下りてくだせえ」

と、新十郎たちに声をかけた。

新十郎たちは、すぐに舟から桟橋に下りた。そして、後続の舟が着くのを待ってから、土手の小径をたどって掘割沿いの道に出た。

十人ほどの岡っ引きや下っ引きたちが待っていた。

駒造と浜吉が倉田のそばに駆け寄り、隠居所に変わった様子がないことを知らせた。

「だれか、見張っているのか」

倉田のそばにいた新十郎が訊いた。

「へい、ふたり見張っていやす」

駒造が畏まって答えた。与力の新十郎に訊かれたからであろう。

「行くぞ」

新十郎が後続の捕方たちに声をかけた。

陽は沈みかけていた。七ツ半（午後五時）ごろかもしれない。路地には、ぽつぽつと人影があった。新十郎たちの一隊を見て驚いたような顔をして立ち止まったり、慌てて路傍に身を寄せたりしている。六尺棒を持っている者もいるので、一隊を見れば捕物と気付くが、新十郎たちは気にしなかった。隠居所にいる甚兵衛たちの捕縛に支障がなければ、知れてもかまわないのである。

新十郎たちが隠居所の近くまで行くと、板塀のそばの笹藪の陰からふたりの男が姿を見せ、新十郎たちに走り寄った。

七助と岡造だった。ふたりは、先頭にいる新十郎と倉田のそばまで来ると、

「甚兵衛たちは、なかにいやす」

七助が昂《たかぶ》った声で言った。

つづいて、岡造が、

「いっとき前《めえ》に、家のなかで叫び声が聞こえやした」

と、顔をこわばらせて報告した。

「叫び声だと」

新十郎は、家のなかで何かあったかな、と思ったが、

「踏み込んでみれば、分かるだろう」

と、そばにいる倉田たちに言った。

新十郎たちの一隊は、足音を忍ばせて隠居所をかこった板塀のそばまで来ると、足をとめた。

「高岡、根津、利根崎、行け!」

新十郎が、声をかけた。

三人は、それぞれ五人ほどの手先を連れてその場を離れた。高岡と根津が家の

両脇をかため、利根崎が裏手にまわることになっていた。隠居所から飛び出して逃げる者を押さえるのである。

新十郎と倉田は十数人の手先を連れて、隠居所の正面の木戸門から入った。

表の戸はあいたままになっていた。以前見たときと同じである。敷居の先に板間があり、その先の障子がかすかに見えた。人影はない。

「倉田、行くぞ」

新十郎は倉田に声をかけて、土間に踏み込んだ。

家のなかは静寂につつまれていたが、板間の先の障子の向こうにひとのいる気配がする。

「家の者はいるか！」

新十郎が声をかけた。

すると、障子の向こうでひとの立ち上がる気配がし、障子があいた。姿を見せたのは、痩身の町人だった。細縞の単衣を尻っ端折りしている。五十がらみであろうか。目が細く、顎がとがっている。

「猪之吉だな」

倉田が訊いた。その体軀に、見覚えがあったのだ。八丁堀で佐川たちといっしょに倉田たちを襲ったひとりである。

「八丁堀か!」

猪之吉が、目をつり上げて叫んだ。

7

「猪之吉、甚兵衛はどこだ!」

新十郎が訊いた。

「知らねえ!」

叫びざま、猪之吉は懐から匕首を取り出して身構えた。目が血走っている。

それを見た捕方たちが、十手を猪之吉にむけ、御用! 御用! と声を上げた。

そのとき、障子の向こうで、

「おれは、ここにいるぜ」

しゃがれ声が聞こえ、ひとの立ち上がる気配がした。

障子がさらにあいて、男が姿を見せた。ひどく痩せ、背が曲がっている。腰が揺れてまともに立っていられないらしく、障子の枠につかまっていた。目がつり上がり、顔が蒼ざめている。

「甚兵衛だな」

新十郎が念を押すように訊いた。

老齢だった。乱れて垂れ下がった鬢や髷は真っ白である。右頰に、古い傷痕があった。その顔には、死を覚悟したような悽愴さがあった。体が顫え、つかまっている障子が揺れている。

……体が弱っているのは、嘘ではないらしい。

と、新十郎は思った。

「そうだよ」

甚兵衛は否定しなかった。新十郎を睨むように見すえている。

そのとき、土間にいた捕方たちが甚兵衛と知って板間に踏み込もうとした。

「待て！」

新十郎が制した。この男は、逃げる気はない、とみたのである。

「ここに、闇小町がいるな」

新十郎が訊いた。

「お京のことか……」

「そうだ」

「お京は、ここにはいない」

「逃がしたのか」

「おれが、彼《あ》の世《よ》に送ってやったのよ」

「なに、娘を殺したのか！」

思わず、新十郎の声が大きくなった。新十郎は、岡造が家のなかで叫び声が聞こえたと言ったのを思い出した。

……叫んだのは、お京か！

お京は、甚兵衛に殺されるときに叫び声を上げたのだろう。

「なぜ、娘を殺したのだ」

新十郎が訊いた。

「お京が、不憫《ふびん》だったからだ」

「不憫だと――。甚兵衛、おまえはお京を助けるために、八丁堀同心まで殺したのではないか。そのおまえが、お京を殺したのか」

新十郎は、甚兵衛を睨むように見すえて訊いた。

「そうだ。……おれもお京も、もう逃げられねえ。……おめえたちに捕まったら江戸の町を引きまわされた揚げ句に、獄門晒首《さらしくび》だ。それじゃァ、あまりに不憫だ。……それで、親のおれが彼の世に送ってやったのよ」

甚兵衛の物言いは静かだったが、低い声のなかに凄絶なひびきがあった。

「……！」

新十郎はすぐに言葉が出なかった。

甚兵衛の言うとおり、お京は捕らえられれば、市中引き回しの上で斬首され、小塚原《こづかっぱら》で晒首になるだろう。

「いまごろ、お京は冥土でおれが行くのを待ってるだろうよ」

甚兵衛は懐に手を突っ込んで匕首を取り出すと、切っ先を己の首にむけた。

「死ぬ気か！」

新十郎が、板間に踏み込んだ。

「その目で、目黒の甚兵衛の最期を見てくんな」

甚兵衛は、匕首で己の首を掻き切った。

ビュッ、と血が飛んだ。飛び散った血が障子にあたって、バラバラと音をたてた。障子紙が、赤い花弁を散らすように染まっていく。

「親分！」

叫びざま、猪之吉が甚兵衛に片手を伸ばし、甚兵衛の体を支えようとした。だが、間に合わなかった。

甚兵衛は血を撒《ま》きながら、腰から沈むように転倒した。悲鳴も呻き声も上げなかった。血の流れ落ちる音だけが、妙に生々しく聞こえた。

捕方たちが、いっせいに板間に踏み込み、猪之吉に十手をむけて迫った。

「おれも、縄は受けねえ!」

猪之吉も、手にした匕首で己の首を掻き切った。

新十郎と倉田、それに捕方たちは、横たわっている甚兵衛と猪之吉の死体に呆然と目をむけていた。

ふたりは、血海のなかで息絶えていた。まだ、首筋から血が滴り落ち、静寂のなかで物悲しい音をたてている。

「……ふたりは、初めから死ぬ気だったのだな」

新十郎が小声で言った。

「お京も、捕方が踏み込む前に殺したようです」

凄絶なふたりの自害を目《ま》の当たりにしたせいか、倉田の声には、悲痛なひびきがあった。

そのとき、倉田の背後にいた伊平が、

「こ、これで、親分の敵が討てやした」

と、涙声で言った。

「そうだな」

伊平にとっては、一味の頭である甚兵衛を捕らえるなり討つなりすることが殺された常七の敵討ちなのだろう、と倉田は思った。

「お京の骸《むくろ》を拝んでみるか」

新十郎はその場を離れ、右手にある廊下に足をむけた。廊下は、奥の座敷につづいているらしい。

倉田や捕方たちが、新十郎の後についてきた。どの顔にも、悲壮な翳《かげ》がある。

奥の座敷に、女がひとり仰向けに横たわっていた。顔に白布がかけられ、体は地味な柄の単衣でおおわれていた。畳に黒ずんだ血が飛び散っている。

「布をとってみろ」

新十郎がそばにいた倉田に言った。

倉田は、女の顔にかけられた白布をそっと取り除いた。女の色白の顔に、かすかに苦痛の色があったが、目は閉じていた。殺した甚兵衛がとじさせたのかもしれない。髷はくずれていたが、それほど乱れてはいなかった。

「これが闇小町か」

死顔のせいであろう。小町というより、大年増といった感じである。

倉田が、女の体にかけられていた単衣をそっとめくった。女の着物が胸から腹部にかけてどす黒い血に染まり、匕首のような刃物で突き刺した穴があった。甚兵衛が、女の心ノ臓に匕首を突き刺したのであろう。

新十郎たちが死体に目をやっていると、隠居所の裏手をかためていた利根崎と捕方たちが姿を見せた。

新十郎は女の死体に掌を合わせると、その場にいた倉田と利根崎に顔をむけ、

「家のなかを探してみてくれ。だれか、残っているかもしれない」

と、指示した。

新十郎は、梅吉という下働きの男がいると聞いていた。梅吉が、佐川の居所を知っているかもしれない。

だが、隠居所のなかに梅吉の姿はなかった。新十郎たち捕方の他に、だれもいなかったのである。

「引き上げるか」

新十郎が倉田たちに声をかけた。

すでに、暮れ六ツ半（午後七時）ごろではあるまいか。戸口に近い座敷だけ行灯が点っていたので明るかったが、家のなかは深い闇につつまれている。

第六章　疑　念

1

新十郎は、蛤町の四辻の南側の角にある番屋に来ていた。座敷には、番人と新十郎が使っている小者の与六《よろく》、それに利助がいた。三人とも、新十郎に気を使って畏まって座っている。

新十郎たちが、蛤町の隠居所に踏み込んで四日経っていた。一昨日、新十郎は北町奉行所で倉田と顔を合わせたとき、倉田から隠居所の下働きをしていた梅吉の居所が知れ、すでに話を聞いたとの報告を受けた。

「気になることがあるのですが」

倉田がうかぬ顔をして言い添えた。

「なにが気になるのだ」

新十郎が訊いた。

「梅吉の話では、甚兵衛は一月ほど前におきよという名の大年増を隠居所に連れてきて、身のまわりの世話をさせていたらしいんです」

「それで」

新十郎が話の先をうながした。

「おきよが隠居所に来るとすぐ、梅吉は甚兵衛に、おきよが世話をしてくれるので、もうここには来なくていいと言われ、これまでの奉公の礼金として一両渡されたそうです」

「下働きをやめさせられたわけだな」

甚兵衛は、お京と梅吉を会わせたくないのでやめさせたのではないか、と新十郎は思った。お京もそのころ、伝次郎の隠れ家から甚兵衛の許に連れてこられたはずである。

「はい、そのおきよが、どこにいったか分からないのです」

倉田によると、梅吉から話を聞いた後、駒造たちも使って隠居所の近くをまわり、あらためておきよのことを聞いてみたという。

「おきよらしい女が隠居所にいたのを見かけた者はいましたが、その後、おきよがどうなったか、知る者はいないのです」

「妙だな」

新十郎も、気になった。

ふたりはいっとき黙考していたが、

「ところで、倉田、佐川の居所は知れたのか」

新十郎が訊いた。

「それも、まだ……」

倉田によると、高岡の手も借りて佐川の行方を追っているが、まだ手掛かりもつかめていないという。

「そうか。……おれも、梅吉から話を聞いてみるかな」

新十郎も、おきよのことが気になった。それに、梅吉が佐川のことで何か知っているかもしれない。

「大番屋に連れてきましょうか」

「いや、近くの番屋へおれが出向こう。何の罪もない梅吉を大番屋へ連れてくるのは、かわいそうだ」

そうした経緯があって、新十郎は番屋に来ていたのである。

新十郎が番屋の座敷に腰を下ろし、半刻（一時間）ほどしたとき、倉田が小柄な初老の男を連れてもどってきた。駒造と浜吉もいっしょである。

新十郎は、番人とふたりの小者に外で待つよう命じた。座敷は狭かったし、大勢だと梅吉が話しづらいと思ったのである。

倉田は梅吉を座敷に上げ、新十郎の前に座らせた。梅吉は丸顔で額に横皺があり、小鼻が張っていた。猿のような顔をしている。

「梅吉か」

新十郎がおだやかな声で訊いた。

「ヘッヘェ――」

梅吉は額を畳に擦り付けるように低頭した。肩先が顫えている。与力と聞いて、鬼の前に引き出されたような気がしているのであろう。

「おい、そう気を使うな。……話はすぐに済む」

新十郎がくだけた物言いをした。

梅吉は面《おもて》を上げたが、まだ表情はこわばっていた。

「梅吉、藤兵衛の隠居所で下働きをしていたそうだな」

新十郎は、甚兵衛でなく藤兵衛の名を口にした。

「へい」

「藤兵衛の隠居所に、おきよという女が来ていたな」

「藤兵衛の旦那が、連れてきたんでさァ」

梅吉の声がしっかりしてきた。いくらか気持ちが落ち着いたらしい。

「その女だが、歳はいくつぐらいだ」

「歳は聞いてませんが、大年増でした」

「顔付きはどうだ」

新十郎の脳裏に、隠居所で死んでいた女の顔が浮かんだ。

「色白で、ふっくらした顔をしてやした。器量のいい女で……」

「うむ……」

死んでいた女も、色白だった。死顔だったが、ふっくらしているように見えた。

ただ、お京も闇小町と呼ばれるほど、色白で器量がよかったという話なので、それだけでは区別ができない。

「おきよという女だが、どこから連れてきたのだ」

「船宿と聞いていやす。女中をしていたそうでさァ」

「どこの船宿だ」

新十郎は、船宿の者に訊けば、甚兵衛がおきよを隠居所に連れてきた経緯が分かるのではないかと思った。

「今川町だと聞きやした」

深川今川町は、仙台堀沿いにひろがっている。

「店の名は分かるか」

「浜田屋《はまだや》だったような気がしやすが……」

梅吉が語尾を濁した。はっきりしないらしい。

「浜田屋な」

新十郎は倉田に目をやり、知っているか訊いた。倉田は知らないと答えた。新十郎は今川町で訊けば分かるだろうと思い直し、梅吉にはそれ以上訊かなかった。

「ところで、梅吉、佐川平三郎という牢人を知っているな」

新十郎は佐川の名を出して訊いた。佐川は本名を名乗っているとみたのである。

「佐川の旦那は、隠居所で会ったことがありやす」

「よく来たのか」

「へえ、三日に一度ぐれえ、顔を見せてやした」

「それで、佐川の住家はどこにあるか知っているか」

新十郎は、いま佐川がどこにいるか知りたかったのだ。

「伊勢崎町と聞いていやすが」

深川伊勢崎町も、仙台堀沿いである。蛤町からそう遠くない。佐川は伊勢崎町から隠居所に足を運んでいたのだろう。

「借家か」

「長屋のようで」

梅吉は、店《たな》の名は分からないという。

それから、新十郎はお京や千住小僧のことなども訊いてみたが、梅吉は知らないようだった。

新十郎は梅吉を帰した後、

「帰りに、浜田屋に寄ってみるか」

と、倉田に言った。今川町なら、すこし遠回りになるが帰りの道筋といってもいい。

「おきよですか」

倉田が顔をひきしめて訊いた。

「そうだ」

2

新十郎と倉田は番屋を出ると、掘割沿いの道をたどって今川町にむかった。通り沿いには表店が並び、行き来する人の姿も多かった。

今川町に入って間もなく、

「浜田屋は、どこにあるか訊いてみるか」

新十郎が倉田に言った。船宿なら、地元の住人に訊けば分かるだろう。

「駒造たちに、探させます」

倉田はすぐに背後にいた駒造と浜吉に、浜田屋を探すよう指示した。与力の新十郎に聞き込みをやらせたくなかったらしい。

駒造と浜吉は通りの先に小走りにむかい、半町ほど先にあった八百屋に入った。

新十郎たちは、ゆっくりとした足取りで歩いた。すぐに駒造たちが店から出てきて、足早にもどってきた。

「浜田屋は、この先ですぜ」

駒造が息をはずませながら、浜田屋という船宿が二町ほど先の仙台堀沿いにあると言い添えた。

行ってみると、浜田屋は通り沿いの表店のなかでも目を引く二階建ての大きな店だった。船宿らしい造りである。店の前にはちいさな桟橋があり、三艘の猪牙舟が舫《もや》ってあった。浜田屋の持ち舟らしい。

「客がいるようだな」

新十郎が二階を見上げて言った。

二階の座敷から、男たちの談笑の声や瀬戸物の触れ合うような音が聞こえてきた。何人かの客が、座敷で飲んでいるらしい。

倉田が駒造たちを呼んで、

「近所で、おきよと甚兵衛のことを聞き込んでみろ」

と、指示した。

倉田は、何人もの手先を連れて浜田屋に乗り込むのはまずいとみたようだ。それに、近所の噂から思わぬ情報が得られることもある。

新十郎と倉田だけで、浜田屋の暖簾をくぐった。

土間に入ると、正面が座敷になっていた。吉原に送迎する客を待たせるための座敷かもしれない。船宿の多くは、吉原へ登楼する客の送迎を引き受けている。

座敷の奥が、帳場になっていた。障子があいたままになっていたので、帳場にいる女の姿が見えた。帳場机を前にして、帳簿を繰っている。女将であろうか。入ってきた新十郎たちには気付かないようだ。

右手に、二階に上がる階段があった。宴席用の座敷は、二階にあるらしい。

「女将！」

倉田が声をかけた。

女は顔を上げ、新十郎と倉田の顔を見ると、慌てて腰を上げた。年配の女だったが、船宿の女将らしい色気と粋があった。

女は上がり框の近くまで出てきて膝を折ると、

「八丁堀の旦那、何か御用でしょうか」

と、倉田に笑みを浮かべて訊いた。倉田が八丁堀ふうの恰好をしていたので、すぐにそれと知れたらしい。

「こちらは、与力の彦坂さまだ」

すぐに、倉田が言った。

「与力の旦那でしたか、気付きませんで、ご無礼をいたしました」

女は恐縮したように肩をすぼめて、新十郎に頭を下げた。

「気にするな。……この店の女将か」

新十郎があらためて訊いた。

「はい、女将のすみでございます」

「おすみか。手間を取らせて済まぬが、訊きたいことがあってな」

「どうぞ、お上がりになってくださいまし」

「いや、ここでいい」

新十郎は隅に移動し、大小を鞘ごと抜いて上がり框に腰を下ろした。客が入ってきても支障がないよう配慮したのである。

倉田も新十郎の脇に腰を下ろした。

「この店に、おきよという女中がいたそうだな」

新十郎が訊いた。

「はい、おりましたが……」

おすみの顔に不安そうな表情が浮いた。おきよが、お上の世話になるような悪事を働いたと思ったのかもしれない。

「おきよは、一月ほど前、店をやめたな」

「はい」

「請われて、藤兵衛という男の世話をするようになったのではないか」

新十郎は、事情が分からなかったので囲われたとは言わなかった。

「よくご存じで――。藤兵衛さんは大店のご隠居さんでして、三年ほど前まではよく店にみえ、おきよさんを贔屓《ひいき》にされてました。ですが、お体を患いましてからは、おみえにならなくなったのです」

「それで、どうした」

新十郎は話の先をうながした。

「一月ほど前のことでございます。藤兵衛さんが駕籠で店においでになり、長い間ではないが、おきよさんに身のまわりの世話をしてもらいたいとおっしゃられ、承知してくれれば、百両出してもいいとまで言ったんですよ。……よほど、おきよさんを気に入っていたんでしょうね」

おすみは、口許に笑みを浮かべた。

「それで、おきよは承知したのだな」

「はい、おきよさんもひとり者だったし、藤兵衛さんの様子を見て、そう長い間ではないと思ったようです」

「店を出てから、おきよと会っていないのか」

「会ってませんが……」

「ところでおきよだが、大年増で色白、それに、ふっくらした顔付きをしていたのではないか」

新十郎は、隠居所で見た死顔を思い出して訊いた。

「そうです。……おきよさんに、何かあったのですか」

おすみが、心配そうな顔をして訊いた。

「いや、おきよのことはここで訊けば、分かるかと思ってな」

新十郎は、曖昧な言い方をした。まだ、おきよが死んだとは言えなかった。

「……」

おすみは腑に落ちないような顔をしたが、それ以上訊かなかった。

「ところで藤兵衛だが、この店を馴染みにしていたころ、娘のことを話したことはないかな。娘はおきよに似ているとか……」

隠居所で殺されていた女がおきよなら、お京の身代りになったにちがいない。それも、事前におきよとお京を隠居所に連れてきて、だれにも知れないようにおきよをお京の身代りに殺したのである。

「いえ、そんな話は聞いたことがありませんが……」

おすみは首をひねった。

「そうか」

新十郎は、甚兵衛が闇小町と呼ばれているお京のことを口にすることはなかっただろう、と思いなおした。

それから、新十郎は念のために、佐川という牢人が店に来たことがあるか訊くと、

「佐川さまという方は存じません」

と、おすみは答えた。

新十郎は、それ以上おすみから訊くこともなかったので、

「女将、手間をとらせたな」

そう言って、倉田とともに腰を上げると、

「おきよは、お上の世話になるようなことをしたのですか」

おすみが不安そうな顔をして訊いた。

「いや、おきよではない。藤兵衛だ。もっとも、藤兵衛は死んだがな」

新十郎はそう言い残し、戸口に足をむけた。

3

浜田屋を出ると、陽は西の家並の向こうに沈みかけていた。小半刻（三十分）もすれば、暮れ六ツ（午後六時）の鐘が鳴るだろうか。

新十郎たちは、仙台堀沿いの道から大川端へ出ると川下に足をむけた。八丁堀に帰るつもりだった。駒造たちは、新十郎と倉田の後からついてくる。

夕陽が、大川の川面を淡い茜色に染めていた。猪牙舟や屋根船などが、夕陽をあびてゆったりと行き交っている。大川端の道を、仕事を終えたぼてふりや出職の職人などが、仄かな陽の色につつまれて歩いていた。風のない静かな雀色時《すずめいろどき》である。

「隠居所で殺されていたのは、おきよのような気がする」

新十郎が歩きながら言った。

「お京を逃がすために、おきよを身代りにしたのですか」

倉田が言った。

「そうだ。……伝次郎の許からお京を隠居所へ連れて帰ったのは、おきよを身代りにして殺し、おれたち町方を欺《あざむ》いて、お京を助けようとしたからではないかな」

「それがしも、そんな気がします」

ふたりは、そんなやり取りをしながら、佐賀町を経て永代橋のたもとに出た。

そのとき、暮れ六ツの鐘が鳴った。

新十郎たちは永代橋を渡り、日本橋川にかかる湊橋《みなとばし》のたもとまで来ると足をとめた。ここで、駒造たちと別れるつもりだった。

新十郎と倉田は霊岸島を経て八丁堀へ帰るつもりだったが、駒造と浜吉の家は日本橋方面にあったので、霊岸島をまわると遠回りになるのだ。

「旦那、八丁堀までお供しますよ」

駒造はそう言ったが、倉田はそこで駒造たちを帰した。

新十郎と倉田は利助と与六を供に連れ、霊岸島を経て亀島町の河岸通りに出た。

そこは、八丁堀である。

河岸通りは、淡い夕闇に染まっていた。亀島川は魚河岸や米河岸に通じていることもあって、日中は荷を積んだ茶船や猪牙舟などが頻繁に行き交っているが、いまは船影もなくひっそりとしていた。足元から、川岸の石垣に打ち寄せる波音だけが絶え間なく聞こえてくる。

河岸通りを二町ほど歩いたとき、倉田が背後を振り返って、

「後ろの男、われらを尾けているようです」

と、小声で言った。

「そのようだな」

新十郎も気付いていた。

湊橋を渡ったときから、ずっと後をついてきたのである。牢人であろうか。小袖に袴姿で、深編み笠をかぶっていた。黒鞘の大刀を一本落とし差しにしている。

「佐川のようです」

倉田の目に鋭いひかりがあった。

「なに、佐川だと!」

「はい、体付きが似ています」

「尾行とは思えんな。……きゃつは、おれたちを襲う気か」

佐川と思われる男は身を隠す様子もなく、道のなかほどを歩いていた。

「仕掛けてくるかもしれません。身辺に殺気があります」

「ひとりだぞ」

新十郎は通りの前後に目をやったが、佐川の仲間と思われるような人影はなかった。

「すこし、足が速まりました」

倉田の声に、昂ったひびきがくわわった。

見ると、佐川は左手で刀の鍔元《つばもと》を握り、小走りに近付いてくる。その身辺に、殺気があった。

「やつは、やる気だぞ！」

「彦坂さま、それがしにやらせてください。佐川と決着をつけたいのです」

そう言って、倉田が足をとめて反転した。

「よかろう」

そう言ったが、新十郎は様子を見て倉田に加勢するつもりだった。剣客として佐川と勝負したいという倉田の気持ちは分かるが、死なせるわけにはいかない。

利助と与六はこわばった顔をし、腰の脇差の柄に手をかけて倉田の左右にまわり込んだが、ふたりとも腰が引けている。

佐川は、倉田と四間ほどの間合をとって足をとめた。まだ、刀を抜く気配はなく、両手を垂らしたままである。

「佐川か」

倉田が訊いた。

「いかにも」

佐川はゆっくりとした動きで深編み笠を取ると、路傍に投げた。倉田を見すえた細い目が、夕闇のなかでうすくひかっている。

「ひとりか」

倉田も、まだ抜刀の体勢をとっていなかった。

「そうだ……」

佐川が左手で刀の鍔元を握って鯉口を切った。

「佐川、なぜ逃げぬ。甚兵衛たちは、すでに此《こ》の世《よ》にはいないのだぞ」

「知っている。……江戸を去るのは、おぬしを斬ってからにしようと思ってな」

「ところで、お京はどこにいる。隠居所で死んでいた女は、お京の身代りだろう」

倉田が佐川を見すえて訊いた。

「さァな。……闇小町と言われた女だからな。江戸の闇にひそんでいるか、いまごろ箱根の山でも越えているか、おれには分からん」

佐川は他人事のように言ったが、隠居所で死んだ女が、お京の身代りであることを知っているようだ。

「甚兵衛は身代りの女を殺し、己は自害してまでお京を助けようとした。親とはいえ、そこまでやるのは、何かわけがあるからではないのか」

倉田は、甚兵衛の娘に対する異常さを感じたのだろう。

「おれには分からんが……。甚兵衛は、死期が迫っていたのを知っていたのだ。死ぬ前に、たったひとりの娘の命だけは助けてやろうと思ったのではないか」

佐川は右手で柄を握って抜刀した。

「おぬし、どうしてもやるか」

倉田も抜いた。

「おれの剣を試したいのでな」

佐川は青眼に構えた刀をゆっくりと下ろし始めた。下段に構えるらしい。

「やるしかないようだな」

倉田は切っ先を佐川にむけた。

4

倉田と佐川との間合はおよそ三間半——。

倉田は青眼に構えて切っ先を佐川の目線につけた。

佐川は低い下段に構え、切っ先を地面にむけた。地摺り下段である。佐川の構えには覇気がなく、ただ足元に刀身を下げているように見える。だが、身辺に異様な殺気がただよっていた。

倉田と佐川は、三間半の間合をとったまま対峙していた。夕闇のなかで、佐川の足元に垂らした刀身がにぶい銀色《しろがねいろ》の筋になっている。

佐川が先に動いた。趾《あしゆび》を這うように動かし、すこしずつ間合を狭めてきた。佐川の刀身は足元に下がったままである。

倉田は気を静め、佐川の下段からの斬撃の起こりを読んでいた。ふたりとも、以前対戦したときと同じ動きである。

……佐川は、下段から刀を撥ね上げてくる！

と、倉田はみていた。

勝負は二の太刀になるだろう。佐川は下段から撥ね上げた刀身を青眼に構えざま、突いてくるのだ。

その下段から突きへの変化が迅い。まさに、神速の連続技である。倉田は以前佐川と闘ったとき、この突きを左肩に受けていたのだ。

……初太刀を捨てよう！

と、倉田は思った。

倉田は刀身をすこしずつ上げ、上段に構えた。上段から真っ向へ斬り込むのである。

佐川がジリジリと間合を狭めてくる。足元に垂らした刀身が銀色の筋となって、そのまま倉田を襲ってくるような威圧感があった。

倉田は気を静めて、間合を読んでいた。一足一刀の斬撃の間合より一尺ほど遠くから仕掛けるつもりだった。

あと、三尺に迫った。二尺――。

一尺！

イヤアッ！

裂帛の気合と同時に、倉田の体が躍った。

上段から真っ向へ。稲妻のような閃光がはしった。

一瞬、佐川が驚いたように目を剝いたが、次の瞬間、一歩身を引きざま下段から刀身を撥ね上げた。

倉田の切っ先が、佐川の顔面から一尺ほど離れた空を切って流れた。一尺ほど遠くから仕掛けたためである。

次の瞬間、下段から斬り上げた佐川の刀身も空を切った。

間髪をいれず、佐川は青眼に構えると、

タアリャッ！

鋭い気合を発し、倉田の胸の辺りを突いてきた。地摺り下段から刀身を撥ね上げ、突きへ——。神速の連続技である。

だが、佐川の切っ先は、倉田の胸元近くまで伸びたがとどかなかった。一尺の遠間からの仕掛けと、咄嗟に倉田が背後に身を引いた動きが、佐川の突きの伸びを封じたのである。

瞬間、倉田は刀身を撥ね上げた。

キーン、という甲高い金属音がひびき、青火が散って佐川の刀身が弾かれた。

次の瞬間、倉田の体が躍り、切っ先が佐川の鍔元に伸びた。一瞬の連続技である。

倉田が佐川の籠手《こて》を狙って、突き込むように斬り込んだのだ。

刹那、佐川は後ろに跳んだ。

だが、一瞬遅れた。佐川の右手の甲が裂け、血が噴いた。

佐川は間合をとると、ふたたび地摺り下段に構えた。倉田は上段である。

佐川の右手の甲から噴出した血が、赤い筋を引いて流れ落ちている。下段に構えた刀身が、小刻みに震えていた。銀色にひかる刀身が乱れて、にぶい光芒のように夕闇のなかで浮かびあがっている。

「見事だ」

佐川がつぶやくような声で言った。

倉田にむけられた双眸が、燃えるようにひかっていた。老いて艶《つや》のなかった肌が、赤みを帯びている。全身に生気が漲《みなぎ》っているように見えた。

佐川は倉田と一合し、手の甲を斬られたことで、剣客としての闘いの本能が蘇ったのかもしれない。

「冥土の土産に、いい勝負ができそうだ」

佐川は下段から切っ先を上げ、倉田の下腹あたりにつけた。突きの構えをさらに迅くするためであろう。

……捨て身でくる！

と、倉田は読んだ。

佐川は上段からの斬撃を受けるのを覚悟で、突きをはなつつもりらしい。

佐川がジリジリと間合をつめ始めた。倉田の下腹にむけられた切っ先が、小刻みに揺れている。

……間合に入られれば、よくて相撃ち！

と、倉田は察知した。

佐川は倉田の上段からの斬撃を受けずに、踏み込んでそのまま突いてくる、と倉田はみた。まさに、相撃ちを狙った捨て身の攻撃である。

佐川の寄り身が、一合したときより速かった。籠手を斬られたことで気が逸《はや》り、一気に勝負を決しようとしているのである。

倉田は気を静めて間合を読んだ。一尺の間合が、勝負を分けるはずである。

佐川が斬撃の間境に迫ってくる。

あと、三尺――。二尺――。一尺！

刹那、倉田の全身に斬撃の気がはしった。

間髪をいれず、佐川の体が躍った。

イヤアッ！

タアリャッ！

ふたりの鋭い気合がひびき、二筋の閃光がはしった。

倉田の斬撃が上段から真っ向へ――。

佐川の突きが真っ直ぐ倉田の胸へ――。

二筋の閃光が合致し、カチッ、というちいさな金属音が聞こえた。遠間からの仕掛けだったため、ふたりの切っ先がわずかに触れ合っただけである。

次の瞬間、ふたりは二の太刀をはなった。佐川はさらに踏み込んで刀身を突き込み、倉田は振り上げざま袈裟《けさ》へ――。

佐川の切っ先が、倉田の胸からそれて左袖に突き刺さり、倉田の切っ先は佐川の肩から胸にかけて斬り下げた。

一瞬の勝負だった。佐川の切っ先がそれたのは、倉田の二の太刀が迅く、あらためて突きの構えを取れなかったためである。

ふたりが身を寄せ合ったまま動きをとめたとき、佐川の顔がゆがみ、肩から血が飛び散った。

噴出した血が、バラバラと倉田の顔や胸にかかった。すぐに、倉田は後ろへ跳んだ。顔や胸が返り血で赤く染まっている。

佐川は血を撒きながらつっ立っていた。目を瞠《みひら》き、刀を握りしめている。悲鳴も呻き声も上げなかった。

ふいに、佐川の体が前にかしいだ。一歩踏みだそうとしたらしい。その拍子に体が大きく揺れ、腰からくずれるように転倒した。

地面に伏臥《ふくが》した佐川は首をもたげ、手足を動かして身を起こそうとしたが、すぐに力尽きて動かなくなった。肩や胸から流れ出た血が、まるで赤い生物のように生々しく地面にひろがっていく。

倉田は刀に血振《ちぶ》り(刀身を振って血を切る)をくれると、ゆっくりと納刀した。

そこへ、新十郎と利助たちが走り寄ってきた。

「倉田、見事だな」

新十郎が感心したように言った。

「勝負は紙一重でした」

本音だった。佐川が一尺の間をつめるために踏み込んでから仕掛けていれば、地面に横たわっていたのは自分であったろう、と倉田は思った。

「これで、始末がついたな」

新十郎がつぶやくように言った。

河岸通りは、夕闇につつまれていた。人影はなくひっそりとして、亀島川の流れの音だけが聞こえていた。通りの先にある同心たちの住む組屋敷から淡い灯が洩れている。

5

障子が、西の空の夕焼けを映じて仄かな茜色に染まっていた。新十郎は、小袖に角帯というくつろいだ姿で、庭に面した座敷で茶を飲んでいた。奉行所から帰宅し、着替えをすませて一休みしていたのである。

いっとき前まで、茶を淹《い》れてくれた母親のふねが座敷にいて、いつものように早く嫁をもらえ孫の顔を見たい、などと言って愚痴をこぼしていた。新十郎がまともに相手をしなかったため、ふねは諦めて奥の座敷にもどったのである。

そのとき、廊下をせわしそうに歩く足音がした。障子があいて顔を見せたのは、若党の青山だった。

「旦那さま、倉田さまがお見えですが」

青山が、小声で言った。

「何の用かな……」

倉田は奉行所からの帰りに立ち寄ったのであろう。

「お通ししましょうか」

「ここがいいな」

新十郎は、客間より居間のように使っている座敷の方が気安く話せると思った。

「承知しました」

青山は、すぐに倉田を連れてもどってきた。

倉田が対座し、青山が座敷を去ると、

「奉行所からの帰りか」

と、新十郎が訊いた。

「はい、彦坂さまのお耳に入れておきたいことがございまして」

倉田が言った。

「何だ」

「佐川が住んでいた長屋が知れました」

すでに、梅吉の話から、佐川の住居は伊勢崎町の長屋だと分かっていた。それで、倉田と高岡が巡視の合間に伊勢崎町に出かけ、佐川が住んでいた長屋を探していたのである。

「知れたか」

亀島川の河岸で、倉田が佐川を斬って二日経っていた。佐川の死体はそのままにしておけないので、その夜のうちに、倉田が利助たちを使って近くの南茅場町の大番屋に運んでおいた。その後、引き取り手がなければ、無縁仏として回向院の片隅にでも埋めることになっていた。

「はい、それで大家に話して、明日にも佐川の亡骸《なきがら》を引き取らせることにしました」

「それがいいな」

「実は、佐川ですが、初めから死ぬ気で立ち合いを挑んできたようなのです」

「どういうことだ？」

「佐川が住んでいた長屋に十両置いてあり、埋葬に使うようにと認《したた》めた置き手紙が添えてありました」

「佐川に、家族はいないのか」

新十郎が訊いた。

「大家の話ですと、佐川は御家人の冷や飯食いのようですが、若いころ家を出たきりもどってないそうです。長屋には二十年近くも住んでいて、十数年前に長年連れ添った妻女に死なれ、その後は独り暮らしだったようです」

新十郎も倉田も、永六と藤次の話から佐川の出自が御家人で、妻女に死なれたことも知っていた。その佐川に対して妻の薬代を用意したり、お京に世話をさせたりしたのが甚兵衛である。

「そうか」

佐川には、甚兵衛やお京が親族より身近に思えたのかもしれない。佐川が、甚兵衛やお京のために、八丁堀同心を襲ったのもそのためであろう。

「ところで、佐川だが、長屋の者には何をして暮らしていると話していたのだ。……盗人一味とは言えまい」

新十郎が言った。

「旗本屋敷に剣術の出稽古に出かけ、礼金をもらっていると話していたそうです」

「出稽古にな」

名の知れた道場の道場主や師範代なら、大身の旗本に請われて出稽古に行き、礼金を手にすることもあろうが、いかに腕がたとうと一介の牢人にそのような話があるはずはない。佐川は、盗んだ金の分け前で暮らしていたのだろう。

話が途切れたとき、倉田が、

「お京は、どこにいるのでしょうか」

と、小声で訊いた。

「どこかな。……お京は闇小町だ。闇に消えたのであろう」

新十郎は、佐川が、いまごろ箱根の山でも越えているか、と口にしたことを思い出した。箱根を越えたかどうか分からないが、お京は遠方に旅立ったにちがいない。いずれにしろ、お京が江戸に姿をあらわすことはないだろう。

「闇小町か……」

倉田がつぶやくように言った。

そのとき、廊下をせわしそうに歩く音がし、ふねと女中のおみねが入ってきた。おみねは、茶道具を載せたお盆を手にしている。

ふねが、新十郎の脇に膝を折ると、

「お茶がはいりましたよ」

と、笑みを浮かべて言った。

おみねは倉田に頭を下げた後、湯飲みに茶をつぎ、どうぞ、と言って、倉田と新十郎の膝先に湯飲みを置いた。

ふねはおみねが茶をいれ終わり、腰を上げるのを見てから、

「今日は、倉田どのとゆっくりとお話しできそうですね」

と、話しかけた。ふねは倉田が新十郎の家に来ると、姿を見せて話にくわわることが多いのだ。

「ええ、まァ……」

倉田は語尾を濁し、膝先の湯飲みに手を伸ばした。

ふねは倉田が茶を飲み、湯飲みを置くのを見てから、

「御番所のお役目は、お忙しいのでしょうね」

倉田に意味ありそうな目をむけて訊いた。

「ちかごろ、いろいろありまして」

倉田は戸惑うような顔をした。ふねが、何を言いたいのか分からなかったからであろう。

「倉田どの、妹さんはお体でも悪いのですか」

「そんなことはありませんが……」

「それにしては、お見えになりませんねえ」

「……！」

倉田の顔に、そのことか、という表情が浮いた。

倉田は、ふねに妹のきくを連れて来るように言われていたのだ。ふねの胸の内には、新十郎の嫁にきくをもらいたいという気持ちがあるらしい。

「たしか、妹さんを連れてくると、おっしゃっていましたよねえ」

ふねが、倉田の胸の内を覗くような目をして言った。

「実は、そのことで、彦坂さまとお話ししていたのです」

倉田がもっともらしい顔をして言った。

……そんな話はしてなかったぞ。

新十郎は胸の内で思ったが何も言わず、倉田が何を言い出すのか気になって倉田を見つめていた。

「きくの話をしますと、彦坂さまはいつまでも独りでいるのはよくない、家族は大勢いた方がいいと、おっしゃられたのです」

「そんなことを言いましたか」

ふねの顔がなごんだ。

新十郎は、勝手なことを言うやつだ、と思ったが、まんざら嘘でもなかった。倉田と甚兵衛や佐川の話をしながら、新十郎は親子や家族の絆が、ひとが生きていく上で強い支えになっていることを感じていたのだ。

「それで、子供は大勢欲しいとおっしゃられました」

倉田が言った。

「大勢ですか」

ふねの顔がさらになごみ、口許に嬉しげな笑みが浮いた。

「彦坂さまは、七、八人は欲しいそうですよ」

「ひっ、七、八人!」

ふねが目を丸くし、息を呑んだ。

新十郎は、七、八人は言い過ぎだろうと思ったが、苦笑いを浮かべただけだった。倉田は涼しい顔をして、湯飲みをかたむけている。

（了）

本書は文春文庫への書き下ろし作品です。

文春文庫

八丁堀吟《はっちようぼりぎん》味帳《みちよう》「鬼彦組《おにひこぐみ》」謎《なぞ》 小《こ》 町《まち》

定価はカバーに表示してあります

2014年5月10日　第1刷

著者　鳥《と》羽《ば》亮《りよう》
発行者　羽鳥好之
発行所　株式会社 文藝春秋

東京都千代田区紀尾井町 3-23　〒102-8008
TEL 03・3265・1211
文藝春秋ホームページ　http://www.bunshun.co.jp

落丁、乱丁本は、お手数ですが小社製作部宛お送り下さい。送料小社負担でお取替致します。

印刷・凸版印刷　製本・加藤製本　Printed in Japan
ISBN978-4-16-790091-5

（　）内は解説者。品切の節はご容赦下さい。

燦《さん》 1 風の刃《やいば》
あさのあつこ
疾風のように現れ、藩主を襲った異能の刺客・燦。彼と剣を交えた家老の嫡男・伊月。別世界で生きていた二人には隠された宿命があった。少年の葛藤と成長を描く文庫オリジナルシリーズ。
あ-43-5

燦 2 光の刃
あさのあつこ
江戸での生活がはじまった。伊月は藩の世継ぎ・圭寿と大名屋敷住まい。長屋暮らしの燦と、伊月が出会った矢先に不吉な知らせが。少年が江戸を奔走する文庫オリジナルシリーズ第二弾！
あ-43-6

燦 3 土の刃
あさのあつこ
「圭寿、死ね」。江戸の大名屋敷に暮らす田鶴藩の後嗣に、闇から男が襲いかかった。静寂を切り裂き、忍び寄る魔の手の正体は。そのとき伊月は、燦は。文庫オリジナルシリーズ第三弾。
あ-43-8

男ッ晴れ
井川香四郎
樽屋三四郎　言上帳
奉行所の目が届かない江戸庶民の人情と事情に目配りし、事件を未然に防ぐ闇の集団・百眼と、見かけは軽薄だが熱く人間を信じる若旦那・三四郎が活躍する書き下ろしシリーズ第1弾。
い-79-1

ごうつく長屋
井川香四郎
樽屋三四郎　言上帳
長屋の取り壊し問題で争う地主と家主、津波で壊滅した町の再建に文句ばかりで自分では動かない住人たち。百眼の潜入捜査、名主たちとの連携プレーで力を尽くす三四郎シリーズ第2弾。
い-79-2

まわり舞台
井川香四郎
樽屋三四郎　言上帳
幼馴染の佳乃と出かけた芝居小屋が狐面の男たちにのっとられた！　観客を人質に無茶な要求をする彼らの狙いとは？　清濁あわせのむことを覚えつつ、成長する三四郎シリーズ第3弾。
い-79-3

月を鏡に
井川香四郎
樽屋三四郎　言上帳
借金を返せない武士が連れて行かれたのは寺子屋。「子どもを教えろ」という貸主の背後には陰謀が渦巻いていた。樽屋には今日も江戸中から揉め事が持ち込まれる。三四郎シリーズ第4弾。
い-79-4

井川香四郎
福むすめ
樽屋三四郎　言上帳

貧乏にあえぐ親が双子の姉妹の姉だけ吉原に売った。長じて再会した時、姉は盗賊の情婦だった。「吉原はつぶすべきです！」庶民の幸せのため奉行に訴える三四郎。熱いシリーズ第5弾。

い-79-5

井川香四郎
ぼうふら人生
樽屋三四郎　言上帳

川に大量の油が流れ出た！　大打撃を受けた漁師たちが日本橋の樽屋屋敷に押しかけた。被害を抑えようと、率先して走り回る三四郎だったが、そんな時——男前シリーズ第6弾。

い-79-6

井川香四郎
片棒
樽屋三四郎　言上帳

富籤で千両を当てた興奮で心臓が止まった金物屋。死体を運ぶことになった駕籠かきの二人組は事件に巻き込まれる。金のために人を殺めるのは誰だ？　正念場のシリーズ第7弾。

い-79-7

井川香四郎
雀のなみだ
樽屋三四郎　言上帳

銅吹所からたれ流される鉱毒に汚された町で体調不良に苦しむ町人。「こんな雀の涙みたいな金で故郷を捨てろというのか！」大規模な問題に立ち向かう三四郎。シリーズ第8弾。

い-79-8

風野真知雄
耳袋秘帖　妖談うしろ猫

名奉行根岸肥前守のもとに、伝次郎が殺されたとの知らせが入る。下手人と目される男は「かのち」の書き置きを残して、失踪していた。江戸の怪を解き明かす新「耳袋秘帖」シリーズ第一巻。

か-46-1

風野真知雄
耳袋秘帖　妖談かみそり尼

高田馬場の竹林の奥に棲む評判の美人尼に相談に来ていたという女好きの若旦那が、庵の近くで死体で発見された。はたして尼の正体とは。根岸肥前守が活躍する、新「耳袋秘帖」第二巻。

か-46-2

風野真知雄
耳袋秘帖　妖談しにん橋

「四人で渡ると、その中で影の消えたひとりが死ぬ」という「しにん橋」の噂と、その裏にうごめく巨悪の正体を、赤鬼奉行・根岸肥前守が解き明かす。新「耳袋秘帖」シリーズ第三巻。

か-46-3

文春文庫　書きおろし時代小説

（　）内は解説者。品切の節はご容赦下さい。

風野真知雄
耳袋秘帖
佃島渡し船殺人事件

年の瀬の佃の渡しで、渡し船が正体不明の船と衝突して沈没した。栗田と坂巻の調べで渡し船に乗り合わせた客には、不思議な接点があることがわかる。「殺人事件」シリーズ第十二弾。

か-46-6

風野真知雄
耳袋秘帖
日本橋時の鐘殺人事件

「時の鐘」そばの旅籠で、腹を抉られて殺された酉右衛門が見つかり、生前に酉右衛門を恨んでいた鐘の撞き師が疑われる。「殺人事件」シリーズ第十三弾。

か-46-12

風野真知雄
耳袋秘帖
木場豪商殺人事件

強引な商法で急激にのし上がった木場の材木問屋。その豪商がつくったからくり屋敷で人が死んだ。手妻師、怪力女、〝蘇生した〟寺侍が入り乱れ、あやかしの難事件が幕を開ける！

か-46-17

指方恭一郎
麝香《じゃこう》ねずみ　長崎奉行所秘録　伊立重蔵事件帖

次期奉行の命で、江戸から一人長崎の地に先乗りした伊立重蔵。そこで目にしたのは「麝香ねずみ」と呼ばれる悪の一味に蝕まれた奉行所の姿だった。文庫書き下ろしシリーズ第一弾！

さ-54-1

指方恭一郎
出島買います　長崎奉行所秘録　伊立重蔵事件帖

長崎・出島の建設に出資した25人の出島商人。大きな力を持つ彼らの前に26人目を名乗る人物が現れた。そこには長崎進出を目論む江戸の札差の影が――。書き下ろしシリーズ第二弾。

さ-54-2

指方恭一郎
砂糖相場の罠　長崎奉行所秘録　伊立重蔵事件帖

長崎では急落している白砂糖が、大坂で高騰している！　謎の相場を、長崎奉行の特命で調査する伊立重蔵の前では、不審な殺人事件が次々に起こる――。好調の書き下ろしシリーズ第三弾。

さ-54-3

指方恭一郎
奪われた信号旗《しんごうばた》　長崎奉行所秘録　伊立重蔵事件帖

外国船入港を知らせる信号旗が奪われた。伊立重蔵は現場・小倉藩への潜入を決意する。そんな折、善六は博多、吉次郎は下関へ旅立つことに……。九州各国を股に掛けるシリーズ第四弾。

さ-54-4

（　）内は解説者。品切の節はご容赦下さい。

文春文庫　書きおろし時代小説

指方恭一郎
江戸の仇《かたき》
長崎奉行所秘録　伊立重蔵事件帖

長崎開港以来初めてとなる「武芸仕合」の開催が決まった。重蔵も腕を見込まれてエントリー。阿蘭陀人、唐人、さらには江戸で因縁の男まで現れて……。書き下ろしシリーズ第五弾！

さ-54-5

祐光　正
灘酒はひとのためならず
ものぐさ次郎酔狂日記

剣一筋の生真面目な男・三枝恭次郎は、遠山金四郎から、隠密として市井に紛れ込むために「遊び人となれ」と命じられる。遊楽と剣戟の響きで綴られた酔狂日記。第一弾は酒がらみ！

す-18-1

祐光　正
思い立ったが吉原
ものぐさ次郎酔狂日記

ひょんなことから恭次郎は御高祖頭巾の女と一夜を共にする。江戸で噂の、男漁りをする姫君らしいが、相手の男は多くが殺されていた。媚薬の出所を手づるに、事件を調べる恭次郎。

す-18-2

祐光　正
地獄の札も賭け放題
ものぐさ次郎酔狂日記

金貸し婆さん殺しの探索で、賭場に潜入した恭次郎。宿敵の凄腕浪人・不知火が、百両よこせば下手人を教えると言うのだが。きまじめ隠密の道楽修行、第三弾のテーマはばくち。

す-18-3

鳥羽　亮
八丁堀吟味帳
鬼彦組

北町奉行同心の惨殺屍体が発見された。入水自殺にみせかけた殺人事件を捜査しているうちに、消されたらしい。同奉行所吟味方与力・彦坂新十郎と仲間の同心たちは奮い立つ！

と-26-1

鳥羽　亮
八丁堀吟味帳「鬼彦組」
謀殺

呉服屋「福田屋」の手代が殺された。さらに数日後、今度は番頭らが辻斬りに。尋常ならぬ事態に北町奉行吟味方与力・彦坂新十郎の率いる精鋭同心衆「鬼彦組」が捜査に乗り出した。

と-26-2

鳥羽　亮
八丁堀吟味帳「鬼彦組」
闇の首魁

複雑な事件を協力しあって捜査する同心衆「鬼彦組」に、同じ奉行所内の上司や同僚が立ちふさがった。背後に潜む町方を越える幕府の闇に、男たちは静かに怒りの火を燃やす。

と-26-3

文春文庫　書きおろし時代小説

蜘蛛《くも》の巣店《すだな》
八木忠純
喬四郎　孤剣ノ望郷

悪政を敷く御国家老に父を謀殺された有馬喬四郎は、江戸の蜘蛛の巣店に身を潜めて復讐を誓う。ままならぬ日々を懸命に生きる喬四郎と、ひと癖ふた癖ある悪党どもが繰り広げる珍騒動。

や-47-1

おんなの仇討ち
八木忠純
喬四郎　孤剣ノ望郷

喬四郎の身辺は騒がしい。刺客と闘いながら、日銭稼ぎの用心棒稼業。思いを寄せるとよも、父の敵を探しているという。偽侍の西田金之助は助太刀を買ってでる腹づもりのようだが……。

や-47-2

関八州流れ旅
八木忠純
喬四郎　孤剣ノ望郷

虎の子の五十両を騙り取られた喬四郎は、逃げた小悪党を追って利根川筋をたどる。だが、無頼の徒が跳梁する関八州のこと、たちまち揉め事に巻き込まれ、逆に八州廻りに追われる身に。

や-47-3

修羅の世界
八木忠純
喬四郎　孤剣ノ望郷

宿願は仇討ち。先立つものは金。刺客と闘いながらも懐の具合が気にかかる喬四郎。今度の仕事は御門番へ届ける弁当の護衛。やさしい仕事と思いきや、高い給金にはやはり裏があった！

や-47-4

目に見えぬ敵
八木忠純
喬四郎　孤剣ノ望郷

喬四郎は二つの決断を迫られていた。一に、手習塾の代教という仕事を引き受けるべきか。二に、美貌の娘・咲と所帯を持つべきか。宿願を遂げるためには、いずれも否とせねばならぬが……。

や-47-5

謎の桃源郷
八木忠純
喬四郎　孤剣ノ望郷

かつておのれを襲った刺客の背後に、御三家水戸藩の後嗣問題と、世を揺るがす陰謀のあることを知った喬四郎。宿敵・東条兵庫を倒すために、もうこれ以上の遠回りはしたくないのだが。

や-47-6

さらば故郷
八木忠純
喬四郎　孤剣ノ望郷

宿敵・東条兵庫の奸計に嵌まり重傷を負った喬四郎は、桃源郷と呼ばれる村に身を隠す。同じ頃、故郷・上和田表では、打倒兵庫の気運が高まっていた。大人気シリーズ完結篇。

や-47-7